捕夢網・生命的啓示

◉劉墉著作・繪圖・攝影

如果你想捕夢，卻苦無捕夢網，
沒關係！
你只要在心裡掛個捕夢網，
美夢自然就會出現了……

最起碼，你人生會變得更豐富，當你在半睡半醒之時，把夢境與現實混在一起，
足可以使你覺得自己的生命延長了半輩子，
甚至穿梭在兩個時空之間。

【前言】

每個人都要捕夢

一個會作夢、會捕夢的人，他的壽命可以延長三分之一。

這壽命不是指年歲，而是指活著的感覺——

想想！我們知道自己活了二十年、三十年，是因爲什麼？

因爲感覺、因爲記憶！

所以那些長期昏迷的人，當他奇蹟般甦醒的時候，雖然可能經過了幾十年，他的臉上已經爬滿皺紋、他的頭上已是一片白髮，在他的感覺上，卻好像才從自己昏迷之前的「年輕歲月」醒來。

過去的幾十年，對他而言，是一片空白；既是空白、沒有記憶，當然在感覺上等於沒活過。

相對的，如果你是「南柯一夢」的淳于棼，醉倒了，夢見自己被人帶去「大槐安國」，娶了金枝公主，成爲南柯郡太守，二十年間，

把地方治理得一片繁榮，而且生了五個兒子、兩個女兒……。

當你醒來的時候，發覺那不過是一場夢，跟自己喝酒的朋友還沒走，自己只是睡著了一下下。但是，如果你記得這場夢，而且常常咀嚼、回味，你不是等於多活了幾十年嗎？

◉

不知爲什麼，從小我就認爲自己活在兩個世界，一個是白天的現實，一個是夜晚的夢境。我常想，若不是因爲我擅長作夢、捕夢，絕不可能用有限的時間，繪畫、寫作、教書。因爲白天只有那十幾個鐘頭，許多我白天想不通的事，都得放在夜裡去想、夜裡去夢。

所以我很多靈感都是在夢中得到的。很多睡前還想不透的事，經營不出的文章，一覺醒來，竟能豁然開朗。

我甚至作白日夢，大白天，突然靈光一閃，好像被人打了一下，一兩秒間就有個完整的故事，從腦際飛過。而且全是活生生的畫面，許多我寫成的短篇小說，都得自這種「白日夢」。

最起碼，你人生會變得更豐富，當你在半睡半醒之時，把夢境與現實混在一起，
足可以使你覺得自己的生命延長了半輩子，
甚至穿梭在兩個時空之間。

不過後來我想通了，其實那不是「白日夢」，而是「黑夜夢」，只是因爲早上起得急，沒時間想昨夜之夢，所以藏在腦裡的角落，直到白天的某個空檔，才突然跳出來。

◉

正因此，積五十多年作夢、捕夢的經驗，我發展出了一套「夢的哲學」和「夢的方法」。

爲了作有用的夢，我會在睡前想問題，然後入夢，那夢就可能繼續「想」。結果人在睡、夢在想，既得到了休息，又把握了時間。

更重要的是「捕夢」。

常聽人說他很少作夢，這是不可能的。因爲夢是人的本能，每個人睡覺都有「動眼期」，也都會作夢。他覺得沒夢，不是眞沒有，只是因爲不記得。

這就是爲什麼有人要掛「捕夢網」了。

◉

我女兒就掛捕夢網，而且自從她掛，就覺得夢變多了。

那是因爲每天早上，她一睜眼，就看見頭上掛的捕夢網，接著想她捕到了什麼夢，這「靜靜一想」，就眞把夢境喚起了。

由此可知，如果你想捕夢，又沒捕夢網。很簡單！你只要在心裡掛個捕夢網，每天早醒一點點，給自己幾分鐘從容的時間，躺在牀上，靜靜回想昨夜的夢，那夢自然就會出現了。

在牀邊留個小本子，把夢記下來，你會在「日記」之外，多一本「夜記」。把那夢發揮出來，你還說不定能成爲名畫家夏戈爾或名作家史蒂芬金呢！（他們的作品常得自夢境）

最起碼，你人生會變得更豐富，當你在半睡半醒之時，把夢境與現實混在一起，足可以使你覺得自己的生命延長了半輩子，甚至穿梭在兩個時空之間。

◉

這本《捕夢網・生命的啓示》裡的許多篇文章，都是我從夢中得

最起碼，你人生會變得更豐富，當你在半睡半醒之時，把夢境與現實混在一起，
足可以使你覺得自己的生命延長了半輩子，
甚至穿梭在兩個時空之間。

來。它可能是靈光一閃，一種突然的觸動；也可能是天外飛來，十分玄妙的故事。但我要在此強調的是，在那些東西的背面，都可能有些生命的啓示。

那些啓示總帶領著我走人生路。它啓示我「抓住當下」；啓示我「天下本無法」，「不負我心」才能「不負我生」；啓示我『捨』才能『得』、『負』才能『抱』」；啓示我「人生像一場盛筵」、像「守一爐溫暖的火」；啓示我「斑馬不必羨慕白馬，也不必羨慕黑馬，要得意自己是一隻斑馬」……

不多說了，您還是自己看、自己想、自己夢、自己捕捉、自己回味吧！

目錄

前言

宗教的啓示

植物的啓示

動物的啓示

人生的啓示

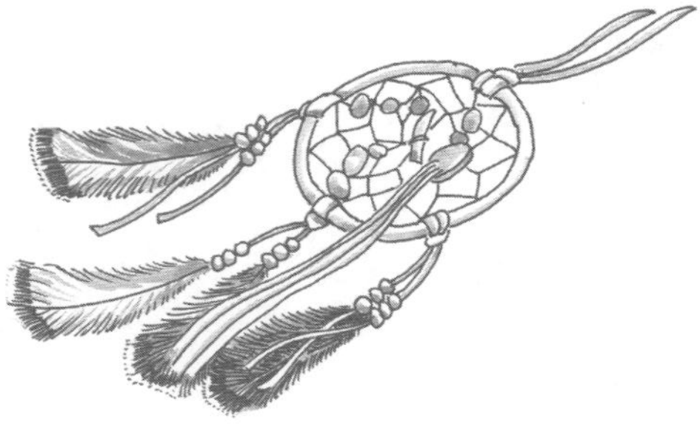

成功的啓示

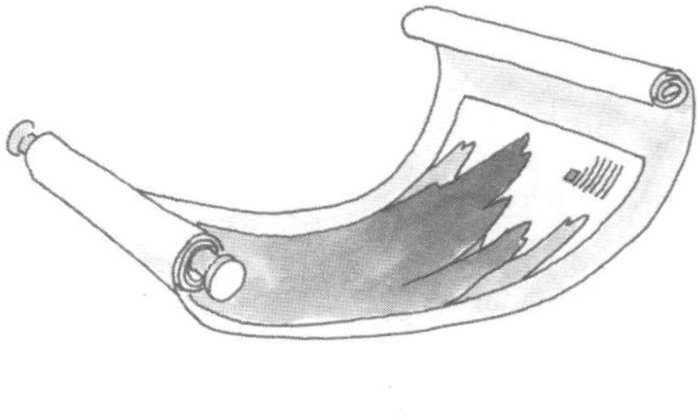

愛的啓示

宗教的啓示

佛界是通過魔界達到的，
來生是通過今生達到的。
如果「心魔」都無法制伏，「當下」都無法把握，
還有什麼好談？

化緣就是使人們的手能牽手，彼此幫助，使眾生結善緣。
禪院不見得要在山林，而應該在人間。

天地禪院

小和尚坐在地上哭，滿地都是寫了字的廢紙。

「怎麼啦？」老和尚問。

「寫不好。」

老和尚撿起幾張看：「寫得不錯嘛，爲什麼要扔掉？又爲什麼哭？」

「我就是覺得不好。」小和尚繼續哭：「我是完美主義者，一點都不能錯。」

「問題是，這世界上有誰能一點都不錯呢？」老和尚拍拍小和尚：「你什麼都要完美，一點不滿意，就生氣、就哭，這反而是不完美了。」

◉

小和尚把地上的字紙撿起來，先去洗了手。又照照鏡子，去洗了臉；再把褲子脫下來，洗了一遍又一遍。

「你這是在幹麼啊？你洗來洗去，已經浪費半天時間了。」老和尚問。

「我有潔癖！」小和尚說：「我容不得一點髒，您沒發現嗎？每個施主走後，我都把他坐過的椅子擦一遍。」

「這叫潔癖嗎？」師父笑笑：「你嫌天髒、嫌地髒、嫌人髒，外表雖然乾淨，內心反而有病，是不潔淨了。」

◉

小和尚要去化緣，特別挑了一件破舊的衣服穿。

「爲什麼挑這件？」師父問。

「您不是說不必在乎表面嗎？」小和尚有點不服氣：「所以我找件破舊的衣服。而且這樣施主們才會同情，才會多給錢。」

「你是去化緣，還是去乞討？」師父瞪了眼睛：「你是希望人們化緣就是使人們的手能牽手，彼此幫助，使眾生結善緣。
禪院不見得要在山林，而應該在人間。

看你可憐，供養你？還是希望人們看你有爲，透過你度化千萬人？」

◉

老和尚圓寂了，小和尚成爲住持。

他總是穿得整整齊齊，拿著醫療箱，到最髒亂貧困的地區，爲那裡的病人洗膿、換藥，然後髒兮兮地回山門。

他也總是親自去化緣，但是左手化來的錢，右手就濟助了可憐人。他很少待在禪院，禪院也不曾擴建，但是他的信眾愈來愈多，大家跟著他上山、下海，到最偏遠的山村和漁港。

「師父在世的時候，教導我什麼叫完美，完美就是求這世界完美；師父也告訴我什麼是潔癖，潔癖就是幫助每個不潔的人，使他潔淨。師父還開示我，什麼是化緣，化緣就是使人們的手能牽手，彼此幫助，使眾生結善緣。」小和尚說：

「至於什麼是禪院，禪院不見得要在山林，而應該在人間。南北西東，皆是我弘法的所在；天地之間，就是我的禪院。」

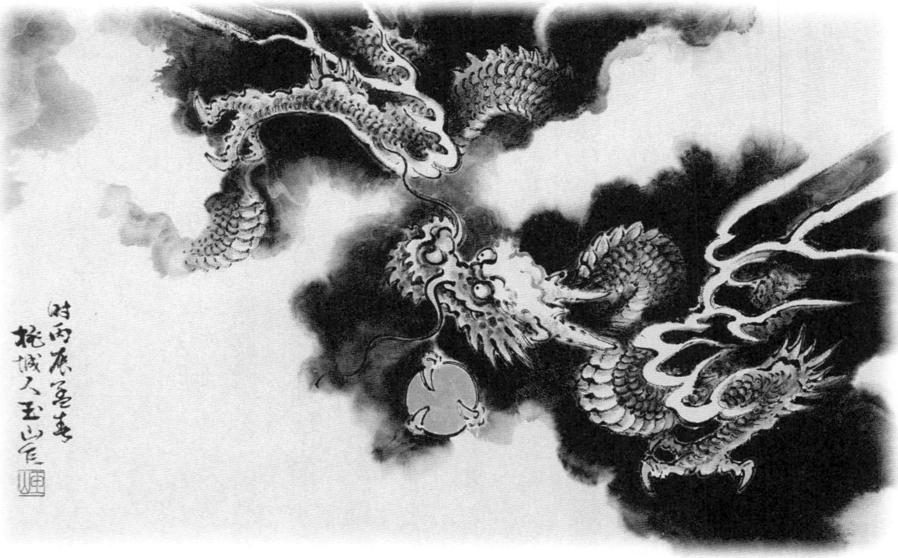

△中國人用虎、牛、鹿、魚等九種動物的特徵，混合在一起，創造了這個幻想的龍。牠不是真的，是虛構的。這是台灣藝壇宗師林玉山畫的《雲龍圖》。

身上刺的龍、畫的龍，都只是虛幻的畫，
只有心裡的龍才是魔鬼。

心中的惡魔

「不得了啦！你家裡有魔鬼。」傳教士喊了起來。

「什麼？」教友嚇一跳，順著傳教士顫抖的手看過去：「那是我收藏的一張畫，有什麼問題嗎？」

「畫？」傳教士的臉發白：「什麼畫？那不是畫，那是魔鬼！我眞沒想到你信教信了幾十年，連龍代表魔鬼都不知道。」

「龍？噢！」教友笑了：「那只是虛構的東西，這世上哪兒有龍啊？誰見過龍啊？那是一張名畫家的作品，我在一個慈善義賣會上買回來的，花了不少錢呢！」

「你笨！花錢買了個魔鬼來。」傳教士臉色由白變青：「你快把畫燒了，否則魔鬼進入你家，你永無寧日，絕對上不了天堂。」

教友不敢違背，乖乖摘下畫，當著傳教士的面，扯了扔掉。

「好！你可以進天堂了。」傳教士說。

◉

沒過幾天，傳教士跟那教友一起坐車，碰上車禍，當場死了。兩個人的靈魂都上了天，看見天堂門口，有一堆人排隊等著「驗關」。

有的人順利通過，進了天堂；有些人則被打回票，入了陰間。

「我一看就知道誰能進得去。」傳教士指著前面的人：「這個、這個，我認識，都很虔誠，進得去。那個、那個，哎呀！何必來呢？他們一天到晚罵這個、罵那個，一定進不去。」

果然如他說的，兩個進了天堂，兩個被推出來。

終於輪到傳教士和那位教友了，傳教士一邊遞證件，一邊往天堂裡東張西望，突然臉色發白，渾身顫抖地大聲喊：「不得了啦！你們快看！天堂裡有魔鬼。」

「魔鬼？這裡怎麼會有魔鬼？」上帝聽見喧譁，出來問。

身上刺的龍、畫的龍，都只是虛幻的畫，不是魔鬼，
只有心裡的鬼才是真鬼。

「您看！那不是魔鬼嗎？」傳教士指著遠處喊：「那裡有一條龍。」

上帝看看，笑了：「噢！我知道了，我叫他過來。」說完招招手，喊那條龍過來。

龍過來了，原來是個打赤膊的男人，身上全是刺青，而且刺了九條龍。

「他以前是流氓，一天到晚滋事打架、好勇鬥狠，渾身還刺滿了龍。但是後來改邪歸正、行善救人，所以進了天堂。」

「可是……可是……」傳教士結結巴巴地說：「他身上刺了龍，龍是魔鬼啊！」

上帝笑笑：「身上刺的龍、畫的龍，都只是虛幻的畫，只有心裡的龍才是魔鬼，你難道要我把他的皮剝下來嗎？」

「可是……可是……我看了害怕啊！」傳教士說。

「有我在，你還怕？」上帝瞪了他一眼：「你到底信我，還是信

龍？我看哪，你心裡反而有鬼。」

傳教士的護照被遞了出來，上面蓋了大印：

「禁止入境。」

師父已經很老了，仍然閉著眼睛，
隔半天，答了五個字：「不過一念間！」

不過一碗飯

兩個不如意的年輕人，一起去拜望師父：

「師父，我們在辦公室被欺負，太痛苦了，求您開示，我們是不是該辭掉工作。」兩個人一起問。

師父閉著眼睛，隔半天，吐出五個字：

「不過一碗飯。」就揮揮手，示意年輕人退下了。

◉

才回到公司，一個人就遞上辭呈，回家種田，另一個卻沒動。

日子眞快，轉眼十年過去。

回家種田的，以現代方法經營，加上品種改良，居然成了農業專家。

另一個留在公司裡的，也不差。他忍著氣、努力學，漸漸受到器重，已經成爲經理。

有一天兩個人遇到了。

「奇怪！師父給我們同樣『不過一碗飯』這五個字，我一聽就懂了，不過一碗飯嘛！日子有什麼難過？何必硬巴著公司？所以辭職。」農業專家問另一個人：「你當時爲什麼沒聽師父的話呢？」

「我聽了啊！」那經理笑道：「師父說『不過一碗飯』，多受氣、多受累，我只要想『不過爲了混碗飯吃』，老闆說什麼是什麼，少賭氣、少計較，就成了！師父不是這個意思嗎？」

◉

兩個人又去拜望師父，師父已經很老了，仍然閉著眼睛，隔半天，答了五個字：「不過一念間！」

然後，揮揮手……

那些活著的時候天天為了怕死而拜佛燒香，
希望死後能成佛的，絕對成不了佛。

好好活著

大熱天，禪院裡的花被曬蔫了。

「天哪！快澆點水吧！」小和尚喊著，接著去提了桶水來。

「別急！」老和尚說：「現在太陽大，一冷一熱，非死不可，等晚一點再澆。」

◉

傍晚，那盆花已經成了「霉乾菜」的樣子。

「不早澆……」小和尚咕咕噥噥地說：「一定已經死透了，怎麼澆也活不了了。」

「少囉嗦！澆！」老和尚罵。

◉

水澆下去，沒多久，已經垂下去的花，居然全站了起來，而且生意盎然。

「天哪！」小和尚喊：「它們可眞厲害，憋在那兒，撐著不死。」

「胡說！」老和尚罵：「不是撐著不死，是好好活著。」

「這有什麼不同呢？」小和尚低著頭。

「當然不同。」老和尚拍拍小和尚：「我問你，我今年八十多了，我是撐著不死，還是好好活著？」

◉

晚課完了，老和尚把小和尚叫到面前問：「怎麼樣？想通了嗎？」

「沒有。」小和尚還低著頭。

老和尚敲了小和尚一下：

「笨哪！一天到晚怕死的人，是撐著不死；每天都向前看的人，是好好活著。得一天壽命，就要好好過一天。那些活著的時候天天爲

那些活著的時候天天為了怕死而拜佛燒香，
希望死後能成佛的，絕對成不了佛。

了怕死而拜佛燒香，希望死後能成佛的，絕對成不了佛。」老和尚笑笑：

「他今生能好好過，都沒好好過，老天何必給他死後更好的日子？」

△上面這盆怎麼看，都已經死了的花，澆水才兩個小時，
就又顯得生意勃發。

因為聖母曾經在這兒顯靈，
好多重病的患者，到這兒祈禱，都好了。

上帝與魔鬼

到加拿大的魁北克旅行，導遊特別帶大家參觀郊區的一個聖安娜教堂。

多奇怪啊！在那麼偏遠的地方，居然聳立起一個白石砌成的大教堂。

「因爲聖母曾經在這兒顯靈，好多重病的患者，到這兒祈禱，就好了。」導遊指指才進門的牆上：

「不信你們看！那是什麼？」

順著望去，天哪！上面掛的全是枴杖和義肢，有雙腿殘障者用的雙枴，有防止滑倒的四腳枴杖，有幫助站立的鋁架，還有脊椎傷殘用的鐵衣。

「都是神蹟顯現，獲得醫治的人，扔下的東西。」導遊說。

劉軒從波蘭回來，拿出他拍的許多照片。我看到一張，挺眼熟。

「這是什麼？」我問。

「噢！這是我參觀奧史維茲（Auschwitz）和勃肯諾（Birkenau）集中營時拍的。」

「爲什麼看了覺得眼熟？」我心想，「啊！原來那跟我看過的魁北克教堂裡一樣，是許許多多的枴杖和義肢。」

「德國人在這兩個集中營，殺了一百五十萬猶太人，在入營的時候，他們一一挑選，把猶太人分成兩列，比較強壯的去做苦工；比較瘦弱的送去殺掉。當然了……」兒子歪歪頭：「那些殘障的人，立刻就被處死了。德國人還先把他們的義肢摘下來，怕裡面藏了武器和金銀財寶。」

兩張照片都放在我的相簿中，每個好奇的朋友問，我都講這兩個故事。然後說：「上帝藉著人來施恩，魔鬼也藉著人來降禍。」

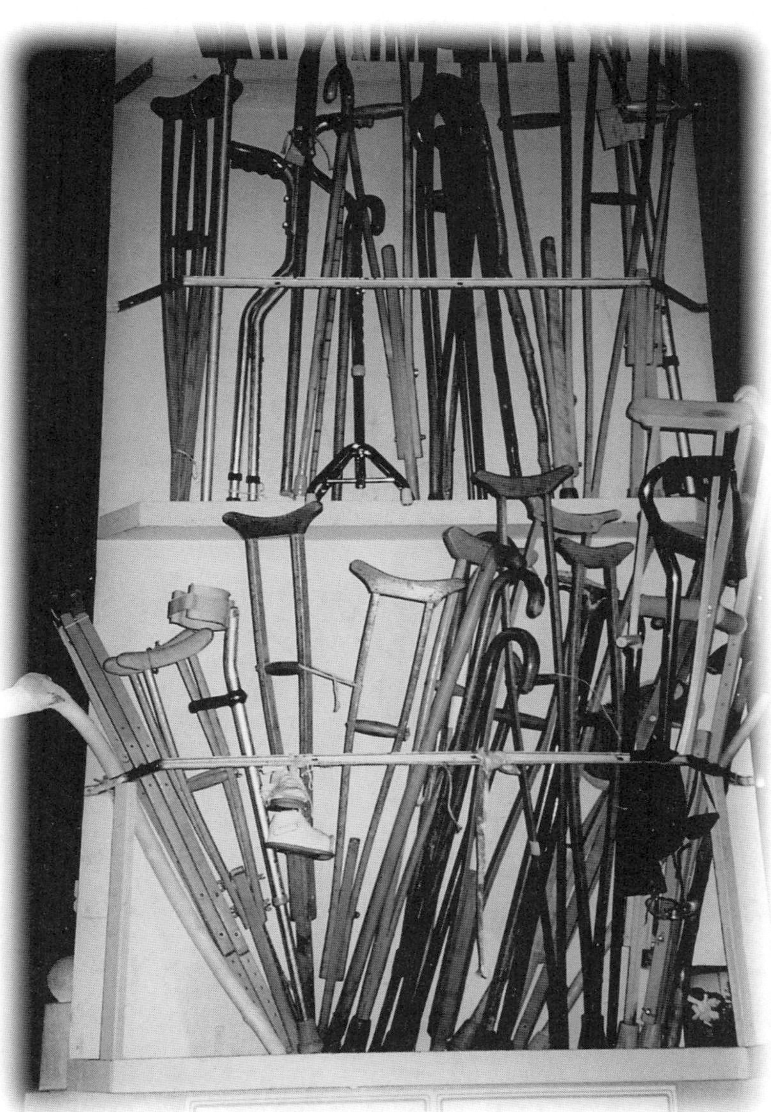

△神蹟出現，原來不良於行的人，紛紛扔掉枴仗，高高興興地「健步」回家，這就是他們扔在教堂的枴仗。

△在奧史維茲和勃肯諾集中營，納粹共殺害了一百五十萬猶太人，這是死難孩子的照片和殘障者留下的義肢、枴杖。

何必梵唄吟唱、讀經禮佛的儀式呢？
她們已經得到佛教的真精神了啊！

跟你下地獄

台灣著名的佛教團體慈濟，在南非最貧困的地區，建立了十幾個職訓中心，因爲缺電，他們運去了許多腳踏式的縫紉機，教那裡的婦女製作衣服。

上課之餘，志工們也帶著那些婦女唱佛教的歌曲，並講授佛教的經文。

但是大概因爲語言和文化的隔閡吧！黑人婦女們始終不太懂，唱起歌來也荒腔走板。倒是她們自己編了些非洲式的歌舞，又唱又跳，十分動人。

◉

「妳們一邊雙手往天上指，一邊唱的歌，內容是什麼啊？」有紐約去的慈濟人問。

「哈！我們是唱要跟慈濟的證嚴上人，一起上天堂！」黑人婦女答。

「那麼妳們指著地又唱又跳，是什麼意思？」慈濟人又好奇地問。

「啊！那是說我們要跟上人一起下地獄。」

慈濟人嚇一跳：「下地獄做什麼？」

黑人婦女笑了，一起喊：

「下地獄去救那些可憐的人，帶他們上天堂。」

◉

「眞令人感動！」聽到這個故事，我說：「何必梵唄吟唱、讀經禮佛的儀式呢？她們已經得到佛教的眞精神了啊！」

每所學校，都是海內外愛心的結合，
都有著華僑的資金和每個村民的血汗，且因此帶動了整個地區的繁榮。

為他們點一盞燈

「我帶你去山裡走走，挺美的。」朋友對陳先生說。

於是兩個人先開車，再走路，進了深山。

成都本來就美，這深山更是世外桃源。油菜花正盛開，在山間的小台地上鋪成一條黃黃的花毯；小台地下面是清澈見底的溪流，村婦們正在洗衣。

往上看，是村莊，大概因爲太偏遠貧困，房子都是土夯的，許多被雨水沖蝕了地基，露出破洞。

突然聽見孩子的讀書聲，清脆悅耳的童音，在山谷間迴盪。

「有小孩兒在上課吔！」陳先生說：「咱們去學校看看吧！」

兩個人便走進山村，循著聲音找，但是沒找到學校，找到一堆柴。好多樹枝和樹幹堆在一起，讀書聲就由那裡傳來。

「天哪！孩子居然在裡面。」陳先生由柴堆間往裡望，看到十幾個孩子，沒有書桌和椅子，只有上下兩條木板，上板爲桌，下板爲椅。一個老師正在已經斑駁不堪的黑板上寫字，看到訪客便走了出來。

「原來的學校垮了，沒錢建，只好借用這柴房上課，現在屋頂也要垮，只好用根木棍子支著，只怕隨時有危險。」老師指指教室中間一根立著的棍子。

「這多危險哪！」陳先生問：「蓋間教室要很多錢嗎？」

「可不少喲！」老師說出個數字。其實並不多，只是對村民來講，是了不得的負擔。

陳先生低頭想了想，跟朋友商量：「就把我這次的貨款捐給他們蓋學校吧！不過應該是相對的，村民多少也捐一點。」

◉

好消息一下子傳開了：「美國華僑要幫咱們蓋學校了！可是咱們自己也得要強。」

每所學校，都是海內外愛心的結合，
都有著華僑的資金和每個村民的血汗，且因此帶動了整個地區的繁榮。

「是啊！再苦不能苦孩子，再窮不能窮教育。」

村長開始一家家募款。

村民們都窮，窮得一年的收入，還不及城市人半個月的收入。但是爲了下一代，大家都掏出積蓄。

有位老太太，一個人，沒孩子，看村長來，進去摸了半天，摸出兩把麵，不好意思地說：「我只有四把麵，就捐一半吧！」

村長笑了，回頭看看陳先生，又對老太太說：「算了吧！您別丟人了。」

話說一半，被陳先生擋住：「怎能說她丟人呢？她家裡總共才四把麵，就捐出兩把，太偉大了。」對老太太一鞠躬：「您貴姓、大名？您別操心，大家捐的如果還差太遠，就全由我出！」回頭對村長說：「我看大家真是太窮了，就都由我出吧！但我有個條件，學校建成，要由我命名。」

陳先生立刻把資金湊足了，在城裡買好鋼筋、水泥和各種建材。至於建校用的磚頭和石料，則由村民自己燒、自己敲。

只是另一個大問題出現了，村子裡對外只有小小的山道，汽車無法通行，那些鋼筋水泥怎麼運上來呢？

村民集會之後，決定聯合兩個鄰村的人，一起把道路拓寬。立刻，數百位鄉親出動了，大家自備飲食、自備工具，甚至有婦人背著孩子，參與築路和建校的工程，爲下一代貢獻力量。

沒多久，道路開通，建材運到，學校一下子就建成了。

◉

陳先生由美趕來，參加了學校的落成典禮，在青山綠水間，那棟紅瓦白牆的建築顯得格外鮮麗。

學校門楣上的綵條被掀開了，校名很特殊也很熟悉——是捐那兩把麵的老太太的名字。

另外兩個村莊的人也都來慶祝。因爲自從大家合力把路拓寬，三

△村中的男女老少一起參與建校的工程。當地沒有石材，用船運來石材；沒有運輸機具，就幾個人一起肩挑。（圖／美國菩提心基金會提供）

個山村裡的產品能很輕鬆地運出去，外面的世界也不再遙不可及，大家的經濟一下子都有了改善。

更好的消息是陳先生回到他僑居的紐約，提出「燃燈計畫」，發動華僑捐款興學。

陳先生帶著許許多多海外的善心人，就由這山村開始，建起一間又一間的學校。短短九年，已經在四川和貴州的偏遠山區，建成了一百五十多所希望小學。

每所學校，都是海內外愛心的結合，都有著華僑的資金和每個村民的血汗，不但使山村的小朋友，得到理想的學習環境，且帶動了整個地區的繁榮。

◉謹以此文獻給病中的燃燈計畫發起人陳金浩先生。

△新建的校舍完成了，這是僑胞和村民愛心的結合，老師帶小朋友在門口照張相．多令人興奮的日子！

天上法　人間法

有個傳教士總做違法的事，每當有人責備他，他就回答：

「犯法不等於犯罪，人間的法不是天上的法，我守天上的法，不守人間的法。」

◉

又有一個傳教士，他很少講經，卻總在外面維持秩序，有人怪他不務正業，簡直像童子軍。他則回答：

「排隊就是『持戒』，如果連人間最基本的法都不遵守，又怎麼守天上的法？」

◉

我不說誰對誰錯，寫出來，請大家自己想。

她總希望從良、她總希望接近神。可是你呢？
你不但沒去幫助她，而且只會猜忌，心裡充滿了邪念。

傳教士與妓女

山腳住了一個傳教士，山上新搬來一個妓女。

自從知道上面住了個妓女，傳教士就很不安，覺得那女人把整個地區都帶壞了，他甚至可以嗅到山上吹來的風裡，有那女人的脂粉味。

傳教士常從門縫往外看，看到許多路過的男人，東張西望一陣，然後一扭腰，就偷偷衝上山。「這些淫蟲！」傳教士暗罵：「以爲神不知鬼不覺，豈知全讓我看到了。」

傳教士也和「那女人」見過幾面，女人確實漂亮，朝傳教士直笑，好像要勾引傳教士，幸虧傳教士立刻躲進屋裡。

◉

「太不像話了，居然想來勾引我。」傳教士愈想愈氣，跑到警察局，把警察臭罵一頓：「有那麼壞的女人，住在你們的管區，還接客賣淫，你們怎麼不抓？」

警察居然攤攤手：「我們只知道有不少男人去，沒見到她賣淫，沒有罪證，怎麼能抓呢？」

傳教士火大地離開了，從此不但由門縫裡偷窺，還跟著那些淫蟲上山，看他們在幹什麼勾當。

傳教士甚至爬到樹上往風塵女子的屋裡看，可惜窗帘太厚，什麼也沒見到。倒是有一次偷偷下山時，被出來送客的女人碰上，還請傳教士進去坐。

「不能坐！不能坐！」傳教士嚇得落荒而逃。

接著那女人更大膽了，居然跑去敲傳教士的門，說要聆聽神的道，也幸虧傳教士機警，由門縫裡見到是「她」，知道妓女心術不正，不開門。

她總希望從良、她總希望接近神。可是你呢？
你不但沒去幫助她，而且只會猜忌，心裡充滿了邪念。

妓女老了，不再有男人找她，她常由山上往下看，看傳教士的家，嘆息自己沒能得到教誨。看一個一個教友，都能去拜訪傳教士，她眞是羨慕極了。

她也常在傳教士家中禮拜時，走下台階，躲在樹後，聽屋中傳出的聖歌，覺得無比美好。

◉

傳教士和風塵女人都死了，到了天堂，等著驗關。

「你們兩個不是鄰居嗎？」驗關的天使問。

「是啊！」妓女說。

「我不認識她，她是個賤女人。」傳教士講：「我從來沒理過她。」

「噢！」天使低著頭看看資料，把護照遞了出來：

「妳進去，他出去。」

傳教士大叫了起來：「什麼？你沒搞錯吧？我是傳教士吔！她是

妓女吔！」

「沒錯！她總希望從良、她總希望接近神。」天使笑笑：「可是你呢？你不但沒去幫助她，而且只會猜忌，心裡充滿了邪念。」

過去我們怕你，不是真怕，
是怕你的那批弟兄，他們信你，把你當成神。

蕭道士捉鬼

蕭道士是最令人敬畏的，不但人怕他，連鬼都怕他，當然也可以說因爲連鬼都怕蕭道士，所以人們更對他敬畏萬分。

蕭道士被請去抓鬼的時候，必定先由小兵開道，據說有陰陽眼的人，在幾里外就能看見蕭道士，因爲有一股正氣直沖雲霄。至於那些小鬼邪靈，自然不待蕭道士駕臨，就一個個魂飛魄散，永世不得超生。

當然最精采的還是蕭道士「畫符念咒降魔收妖」的那一刻，只見蕭道士舉起朱砂筆，龍飛鳳舞、一揮而就；舉劍揚符，點一把神火，念一篇神咒，再含一口神水，往那被鬼附體的人臉上一噴。

這時四周人也都照蕭道士指點的齊聲吶喊：「去！」

就見那被附體的人突然渾身一陣顫抖，口吐白沫，再眼白一翻、腳底一蹬，有如暴死。接著悠悠醒轉，彷彿大夢初覺，對附體的事情一無所知，從此邪靈不再侵身，使他好像重生一般。

◉其實蕭道士自己也不清楚，爲什麼能有這樣的法力。當年他只是因爲連上一個弟兄疑被鬼侵，終日胡說八道，還赤身露體在營裡遊走，蕭道士身爲連長，心想他不過是裝瘋，於是聚集弟兄，把那裝瘋賣傻的圍在中間，然後自吹家傳，能捉鬼拿妖，胡亂畫個符，用刺刀挑著燒了，又對「那弟兄」噴了口水，大吼一聲，居然奇蹟出現，也不知是眞是假，那弟兄頓時恢復了正常。

從此蕭道士的「神名」不脛而走，且隨著連上一百多位弟兄退伍而傳遍全國。遇有一般術士、神父對付不了的「案子」，兄弟們更千里迢迢地把蕭道士請去。

◉果然，蕭道士從來不辱使命。

過去我們怕你，不是真怕，
是怕你的那批弟兄，他們信你，把你當成神。

這一天，蕭道士參加友人晚宴，三分醉，勉強開車上路，大家想他通神，也不敢阻攔。豈知行至荒郊野外，一個不小心，衝進了田邊的水溝。

蕭道士不得不爬出車子，摸黑走回家。

正走著，突然，脖子一緊，好像有人打劫，從後面扼住蕭道士的喉嚨。

蕭道士行伍出身，當下右肘向後猛一拐，居然落空。再彎身用「脫擒法」，由兩腿間抱敵人腿，又落空。

蕭道士心想：「不好，眞碰上鬼了。」不過再一想，心立刻定下來，沈聲吼道：

「你這小鬼！好大的膽子，不知老子是誰嗎？」

「知道！」後面傳來幽幽的聲音：「你是蕭道士、假道士。」

「胡說！」蕭道士心一虛，但立刻又振作起來：「我拿妖無數，你還不快滾？小心我收拾你！」

「你收拾啊！」那幽幽的聲音說：「你這假道士，你以爲我們眞怕你嗎？你錯啦！」

頓時四野傳來一片呼應：「你錯啦！」「你錯啦！」「你錯啦！」

那幽幽的聲音又起：「過去我們怕你，不是眞怕，是怕你的那批弟兄，他們信你，把你當成神。他們的陽氣加在一起，我們擋不住，所以避開。今天，你一個人，屁也不是；你啊！其實比普通人還不如，今天換我們替天行道，收拾你這江湖術士。」

◉

蕭道士死了，報上登出好大的訃聞，說他酒後駕車失事而死。公祭時，大廳正中央高懸要員頒的匾額——

「一代鍾馗」。

蕭道士當年的弟兄和那些由蕭道士驅鬼，受惠於他的善男信女，都參加了喪禮。而且自認爲與蕭道士「一路」的政客和民意代表，絡驛於途，路爲之塞，好不哀榮。

植物的啓示

狂風暴雨之後，
有人看見滿地的泥濘，
有人看見洗淨的天空，
有人看見摧折的花木，
有人看見滌盡塵埃的枝葉……
天地無言，
智者得之。

△風來菡萏香。

如果你是盪舟採蓮者，就好比心嚮幽深的王公貴胄；
如果你是涉水採蓮的，就彷彿貧賤不能移的村婦農夫。

愛蓮人

每個人都愛蓮，愛它的瑩潔、愛它的清香、愛它的亭勻、愛它的浮水之姿。

當然，更愛它的出淤泥而不染。

◉

清澈無泥的水裡是不生蓮的，蓮需要最肥沃的淤泥，才能生根抽芽，而且探出水面，綻放一朵朵優雅的蓮花。

所以涉水採蓮的人，先得經過淤泥。當他採得蓮花的瞬間，腳下必定陷在淤泥之中。

既然走過淤泥，自然會攪動一池清水，任他多小心地涉水走過，都會由水底湧起一片泥漿。

於是那些賞蓮的人就要罵了，採蓮採蓮，何必攪動一池清泉？

於是那有船的人就神了，他只要輕輕推船入水，慢慢盪槳前進，穿過亭亭的蓮葉，驚起一灘鷗鷺，一伸手，便採得朵朵清蓮。

◉

所以同樣採蓮歸來，有人雲裳香鬢，有人滿腳泥濘，有人從容，有人狼狽。

只有一件事相同，就是他們都愛蓮、都採蓮，也都採蓮歸。

如果你是盪舟採蓮者，就好比心嚮幽深的王公貴胄；如果你是涉水採蓮的，就彷彿貧賤不能移的村婦農夫。

坐船的不能鄙視涉水的，否則你再從容、再優雅，也得不到蓮的精神。

涉水的沒必要羨慕坐船的。因爲「通過魔界，到達神界」的更得蓮心。

賞蓮的不必怨採蓮的，因爲有的人在舟楫、有的人在江湖；有的人在朝、有的人在野，雖然位置不同、作法不同，卻都是愛蓮人。

如果幼年的支撐，會扼殺她的成長……
我寧願她在風雨中長大。

向日葵的啓示

早春，在院子裡埋下幾顆葵花子。沒一個禮拜就發芽了，但是跟著來了寒流。

怕小向日葵全被凍死，移了一棵到花盆裡，放在室內培養。

特別呵護的果然長得奇快，當外面小芽還在冷風裡掙扎的時候，屋裡的這棵已經長出好幾片大葉子。但不知是否因爲少了風吹雨打，它不斷長高，細細的莖撐不住，倒向一邊。

「非扶扶妳不可了。」我心想，接著在旁邊插上一根細竹枝，再用一條毛線，把小向日葵固定在上面。

◉

接著，我出了國，三個月之後，再踏進家園，嚇一跳——院子裡的向日葵，都長得又高又壯，而且開出比人臉還大的花朵。

△就這麼一根細細的繩子，差點謀殺了高大的向日葵。

△左手抓著在風霜中長大的向日葵，右手扶著在溫室中培養的「嬌嬌女」，心頭湧上好多感慨。

屋子裡的那棵，雖然也長得比我高了，但是依然細細弱弱，上面掛個小小的花苞，好像連綻放都有困難。

「妳怎會這麼不爭氣呢？」我暗罵：「給妳好的環境，還用竹子把妳撐著，妳卻長成這樣。」說著，彎腰摸了摸那條毛線繩，繩子緊緊的，依然綁在那兒。只是，我跟著嚇一跳：

「天哪！怎麼繩子已經嵌進了花莖，好像一把刀，切到那向日葵的深處，如果再不發現，只怕過幾天，就會把這向日葵勒死了。」

◉

把屋裡的向日葵抬到花園，放在與她同庚的「大向日葵」之間，我有了很深的感觸——

如果這向日葵像我的孩子，如果過度的呵護，會帶來這樣的結果，如果幼年的支撐，會扼殺她的成長……我寧願她在風雨中長大。

把種菜形容成「為政」，這多有意思啊！
不過如果你真種過菜，就會發現那句話還真有道理。

拙政園

如果你去蘇州，千萬別忘了遊中國十大名園之首的「拙政園」。這個佔地四點一公頃，又有三分之一爲蓮花池，四周長窗透空、景隨步移的大花園，曾經是唐代詩人陸龜蒙的家，後來成爲元代的「大宏寺」，到了明朝則被王獻臣買下，再以十六年的時間建成。

王獻臣並且引用晉代文人潘岳《閑居賦》中的句子「灌園鬻蔬，以供朝夕之膳……此亦拙者之爲政也。」意思是「自己種菜賣菜供家裡食用，也算得上是拙陋者從政的一種方式了。」

◉

把種菜形容成「爲政」，這多有意思啊！不過如果你眞種過菜，就會發現那句話還眞有道理——

種菜要把握時間，天太冷太熱的時候不能下種，因爲播下的種子

△景隨步移的「拙政園」。

把種菜形容成「為政」，這多有意思啊！
不過如果你真種過菜，就會發現那句話還真有道理。

不是不能萌發，就是會熱死。這不正是政治上的「使民以時」嗎？

種菜要深耕勤耘，才能讓蔬菜的根發展得好，也才能避免雜草吸去養分，這不正是政治上的「深入基層、爲民除害」嗎？

種菜要「育」也要「培」，「育」是發育，悉心照顧萌發的小苗，使它能長大；「培」是在菜的四周加土，使長大的蔬菜能站得穩。這不是政治上的「獎勵投資、扶植企業」嗎？

種菜要澆水施肥，也要疏濬排洪；不下雨的時候防旱，雨多的時候防澇。這不是政治上的「宏觀經濟」，在經濟蕭條時降息，在經濟過熱時「緊縮銀根」嗎？

種菜可以雜作，同一塊田裡既種玉米、番茄，又種白菜，但是要看日照的方向，來調整它們的位置，別讓高高的玉米擋住了番茄和白菜的陽光，這不是政治上的用人之道嗎？

種菜要防病蟲害，要及早發現蟲卵，快快地清除，還要隨時檢查，隱藏在深處的害蟲，這不是政治上的「防微杜漸、打擊犯罪」嗎？

◉

於是，你可以想像幾百年前，那個辭官還鄉的王獻臣，站在一片園林之間灌園鬻蔬……，彷彿他早年在京城當御史一樣。

「拙政園」實在是「智政園」，是「智者之爲政」啊！

每當他要冒火、罵人的時候，他都會看看那盤毛豆。

有時候看犯了錯的員工，膽戰心驚地接過他請吃的毛豆，他的火氣會突然消失。

毛豆

「鹽水煮毛豆」是他的最愛。

二十多年來，在他的辦公桌上，總擺著一盤這樣的毛豆。當有人來，也不管是達官顯貴、商界鉅子、外國客戶或自己公司的小職員，他一定會把那盤毛豆推過去，請對方嚐幾顆。

所以大家當面雖然稱他董事長，背地裡卻管他叫「毛豆」。

◉

愛吃毛豆，是他父親造成的。

小時候，父親常帶他去吃日本料理。正餐之前，照例會端上一盤鹽水煮毛豆。

起初他並不是吃，而是玩，用兩隻手指擠那毛毛的豆莢，就聽「波」一聲，毛豆飛進嘴裡。有時候，擠得方向不對，毛豆則貼著臉飛

出去，有一次正好飛進後面一位小姐的頭髮裡，那小姐摸摸頭，因爲毛豆陷在頭髮深處，沒摸到。

他想伸手去「摘」，被父親嚴厲的眼神阻止了。

只見父親緩緩起身，走到那小姐面前，深深一鞠躬：「對不起！小犬無狀……」

從此他就只敢乖乖地吃毛豆，卻又一邊吃，一邊偷偷按捺著笑，因爲只要他拿起豆莢，就會想到那天豆子飛出去的畫面。

◉

談戀愛的時候，有一次他帶女朋友上日本餐館，說這擠毛豆的糗事，女孩子咯咯地笑著，當場就拿個毛豆對他擠，而且正好打在他的鼻子上。

他居然當場冒了火，站起身，直直地走出門外。

他的脾氣就是這麼壞，大概恃才傲物吧！看什麼人都不順眼，看什麼職員都覺得笨。年輕時他是不會請人吃毛豆的，他桌上也從不放

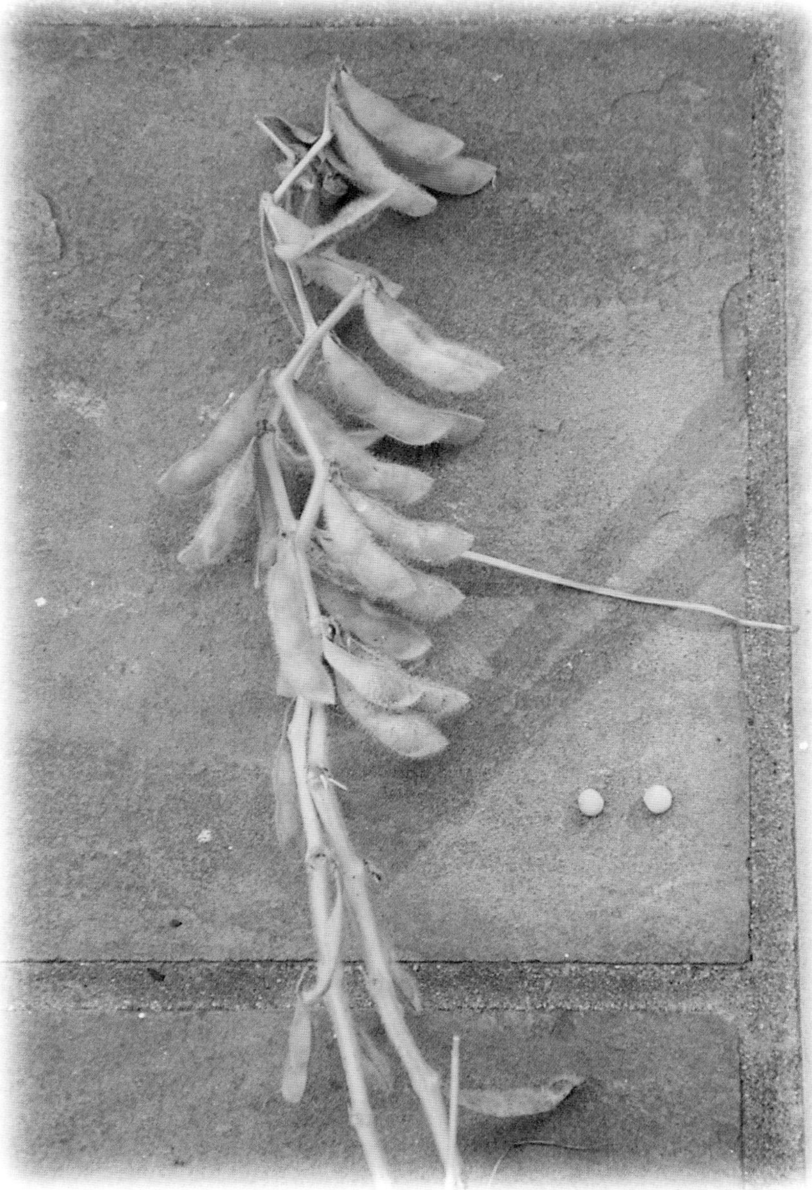

△成熟的黃豆，豆萁枯黃了，不再有欣欣的綠葉和強韌的攀鬚，但是……

毛豆。

直到有一天，父親又跟他在日本餐館碰面，一邊吃毛豆一邊指著毛豆說：「你知道嗎？毛豆就是黃豆，只是還沒長大、還沒成熟。」

他笑了起來，說毛豆那麼大，黃豆那麼小，怎麼可能？

◉

過不久，父親把他叫去，指著院子裡一棵植物說：「你去看看！那是什麼？那是我特別爲你種的。」

他走過去，看見一根直直兩呎高的莖上，掛了一串，綠綠的、毛毛的，原來是毛豆。

「過一個月再看吧！」父親喘著氣說。

一個月之後，父親的病已經失控了，掛著氧氣，還堅持陪他走到那棵毛豆前。

原來綠色的豆莢全變黃了。

「你摘下一個豆莢，就用你小時候搗蛋的方法，把它擠破。」

每當他要冒火、罵人的時候，他都會看看那盤毛豆。
有時候看犯了錯的員工，膽戰心驚地接過他請吃的毛豆，他的火氣會突然消失。

他擠了，豆子沒滑到空中，倒是那黃黃乾乾的豆莢，劈劈拍拍地碎裂，接著掉下幾顆小小硬硬的——黃豆。

「這眞是黃豆吔！」他叫了起來：「怎麼原來毛豆那麼大，現在變得那麼小？」

「是啊！」父親笑笑：「它沒成熟的時候，有那毛毛的豆莢保護著，就好像躲在暖暖的被窩裡，把它養得又嫩又胖，還滑不溜俶的。」父親躺回牀上，直喘，還堅持把話說完：「可是當它成熟時，反而縮小了，不再溜滑、不再膨脹、不再自滿……」

◉

從父親的喪禮回來，他就在桌上擺了一盤鹽水煮毛豆。每當他要冒火、罵人的時候，他都會看看那盤毛豆。有時候看犯了錯的員工，膽戰心驚地接過他請吃的毛豆，他的火氣會突然消失，因爲他看到了那盤又肥又滑的毛豆。他也常會跟著笑了，因爲他想起少年時「波」一聲，擠到小姐頭髮裡的毛豆。

△打開乾枯的豆莢，露出堅實成熟的黃豆。

活的不腐、腐的不活。
只有在困難的環境中不腐的人，才能生根成長。

萬年青

我的書桌正對著窗外一棵高大的楓樹。

或許因爲房子老了，地基有些下陷；也可能因爲建在半山腰，由山頭流下的雨水，總積在楓樹與房子之間。

偏偏房子的外牆又是用柏木建的，水積久了，下面的柏木開始腐爛，使我不得不頻頻修補。

下大雨時，我坐在窗前，常憂心忡忡地看雨水像小河一樣流過，擔心低窪的地方又將積水。只是，我也不解，爲什麼那棵大楓樹，它同樣常常浸在水裡，樹皮卻一點都沒有腐蝕的現象。

楓樹的木質怎能跟柏樹相比，楓木要鬆軟得多啊！爲什麼軟的不腐，硬的反而爛呢？

我的浴室裡擺了一瓶萬年青。

那葉子像柳、莖又似竹的植物眞賤，只要給它水和一點點的光線，就能長得青青翠翠。

我常問妻，是不是該給萬年青換換水，免得水放太久，變臭了。

「怎麼可能臭？萬年青妙就妙在它非但不會臭，而且會長根。」妻總回答：「不信你看看，這水放幾個月了，還那麼清。」

果然。

問題是，爲什麼我平常插的花，沒多久，瓶中的水就臭得像陰溝呢？

◉

直到又插了一瓶薄荷，才弄清這當中的道理。

那薄荷是開花時被我剪一支，插在小瓶裡的。

一個禮拜之後，小小的紫花凋謝了，葉子依然青翠，而且總似有似無地捎來一抹薄荷香，我也就將它留在瓶子裡。

妙的是，又隔一陣，我雖然不曾爲它換乾淨水，剩下的水還是那麼清澈。

有一天，我好奇地趨前看，才發現下面已經生了根。

於是我懂了。

只要是有生命、有希望、會生根、能發芽的植物，都不會爛。老楓樹的樹皮泡了水，有了傷害，但是它會自我修補、自我更新，所以柏木的牆雖然腐朽了，楓樹的皮卻能不爛。

萬年青和薄荷也一樣，當別的花被剪下，放在瓶裡，就死定了的時候，它們卻能在水中生根。

◉

「君子固窮，小人窮斯濫矣。」孔子說得眞好。

「人間世」不也一樣嗎？活的不腐、腐的不活。只有在困難的環境中不腐的人，才能生根成長。至於那些表面鮮艷的「切花」，多半從插入水中的那一刻，就開始了腐化。

△我們要學萬年青，在困頓的環境中，先不腐，再生根成長。

在生活當中學習像「食補」，只要你學到了，就是心領神會，成為活的知識，而且受用一生。

讀書像吃藥？

你懂得種花、懂得施肥嗎？

如果你的花園因爲缺乏養分，快死了。你要急救，該施什麼肥？

當然施液體的化肥。因爲你可以針對花的需要，把養分直接滲透到它的根。

如果你希望肥料能維持較長的效果，你要施什麼肥？

你可以施顆粒狀的化肥，讓那一顆顆肥料，慢慢溶解，進入土壤，去滋養你的花。

但是你知道化學肥料施久了，土壤會愈變愈硬，反而讓你的花無法發育嗎？爲了避免這樣，你該施什麼肥？

當然是施「堆肥」，那是將朽葉雜草堆在一起，經過細菌自然分解成的肥料；它其實就像土壤，所以加在花盆裡，能使原來已經「板結」的泥土，獲得新生。

◉

施液體的化肥像「打針」；

施顆粒的化肥像「吃藥」；

施大量的堆肥像「食補」。

打針吃藥可以救急，只有食補能讓你獲得全面的營養。

◉

爲人求學不也一樣嗎？

讀參考書是打針，可以在考試前看重點、猜題目。

讀教科書是吃藥，可以針對你的需要作治療。

在生活當中學習像「食補」，看來要用許多時間、使用很大的分量，效果也不能快速地顯現，但是只要你學到了，就是心領神會，成爲活的知識，而且受用一生。

動物的啓示

放眼看看！

花鳥蟲魚走獸，

哪一樣不是在人類出現之前，

就已經生活在這世界上？

哪一樣存留至今，

不是因為通過億萬年的考驗？

哪一樣沒有哲思、沒有智慧，

值得我們去學習？

△黑馬？白馬？斑馬？韓幹牧馬？

斑馬就是斑馬，是最美麗的馬。我何必去羨慕別人呢？
我真高興，自己沒有硬把自己裝扮成白馬或黑馬。

小斑馬的領悟

巡邊員在原野上看到一隻死去的母斑馬，旁邊趴著一隻剛生的小斑馬。

「可憐的小東西，大概難產，牠活了，媽媽卻死了。」巡邊員把小斑馬帶回自家農場照顧。

農場裡有兩匹白馬，小斑馬總是跟在白馬身邊跑來跑去。

小斑馬也喜歡到水邊看自己的影子，一邊看一邊想：

「爲什麼我身上有這些黑條紋，難看死了！我原來一定是隻白馬，莫名其妙地長了這些黑色的東西。」

小斑馬發現農場輾房裡有一種白白的粉，牠總是撞開輾房的門，到裡面打滾。

「看！我成了一隻白馬。」每次打完滾，小斑馬都得意地告訴自

己：「我再也沒有髒兮兮的條紋了。」只是沒過多久，風吹掉了身上的麵粉，牠又成爲一隻小斑馬。

◉

由於小斑馬總到輾房闖禍，主人不得不把牠送給朋友。朋友的農場裡有一匹大黑馬。

小斑馬起先躲著黑馬，但是漸漸覺得那黑馬，黑得眞美、眞純、眞亮。牠又開始怨，自己身上爲什麼有那麼多白色的條紋，牠想：「我其實原來是隻黑馬，只因爲長了白條紋，所以變成這個醜樣子。」

小斑馬發現廚房後面有個煤堆，只要去那煤堆裡打個滾，就能變成黑馬。

所以牠總是去打滾，弄得一身煤灰，把馬廄搞得髒兮兮。

◉

新主人也受不了了，心想斑馬還就是斑馬，怎麼馴養，也成不了家裡的馬。於是有一天，開著車，把小斑馬帶到曠野裡放生了。

斑馬就是斑馬，是最美麗的馬。我何必去羨慕別人呢？
我真高興，自己沒有硬把自己裝扮成白馬或黑馬。

「去！回到你原來的地方！」新主人把小斑馬趕下車，就揚長而去。

小斑馬嚇到了，站在一望無際的草原上，不知怎麼辦。突然，牠看到一片密密麻麻的影子在遠處移動。

小斑馬跟過去。天哪！居然是成千上萬隻就像自己一樣的馬。

「你們是白馬還是黑馬？」小斑馬大聲問。

幾隻大斑馬抬起頭，不解地看看牠，其中一隻開口了：

「跟你一樣，我們不是白馬，也不是黑馬，是斑馬。」

◉

小斑馬成年了，跟著那群斑馬徜徉於天地之間。

牠常得意地自言自語：

「斑馬就是斑馬，是最美麗的馬。我何必去羨慕別人呢？我眞高興，自己沒有硬把自己裝扮成白馬或黑馬。」

△貓很聰明。瞧！這隻原來要伸手抓魚的黑貓，發現主人在看牠，馬上裝成喝水的樣子。

摔下樓的貓咪

你養過貓嗎？

你跟貓咪玩過嗎？

貓被認爲是上帝最高明的創造——

大大的眼睛能看到夜裡的景物；尖尖的牙齒能咬住最狡猾的獵物；帶倒鈎的舌頭能舔下最小的肉屑；寬寬的耳朵能聽到最微弱的聲音。加上柔軟的身體和腳下的肉墊，使牠非但走路無聲，而且從高樓落下，也常能逃過一劫。

但你知道科學家發現，貓從低樓層掉落地面，反而比從高樓掉下去，容易受傷嗎？

爲什麼？

因爲高樓層使牠在落下的過程中，能調整到最好的姿勢。牠可以張開四肢，增加空氣的阻力，又能有時間看清地面，準備降落。

低樓層反而讓牠不能發揮全力。

◉

人不也一樣嗎？

你想想，有幾次來勢洶洶的超級颱風，造成我們極大的損害？反而是那些貌不驚人的小颱風，可能帶來豪雨，造成積水和土石流，釀成嚴重的災害。

造成火災的，常不是火爐而是香煙；造成肌腱裂傷的，常不是跳過一道高牆，而是踩空一級台階；造成賽車好手死亡的，常不在賽車場，而在公路上。

少了應變的時間和敬慎的態度，「小問題」也能成爲「大禍害」！

不知奮鬥、不敢冒險、不能忍耐的，
永遠不可能成為一隻四海漂泊的塘鵝。

塘鵝之歌

你知道世界上除了信天翁之外，最大的飛鳥是什麼嗎？

是「塘鵝」（gannet）。

塘鵝的種類很多，其中最大的翅膀張開來，能長達三公尺；牠的翅膀又窄又長，很適合滑翔，卻不適於降落，所以牠降落時常會摔跤；牠有著又尖又長的喙，和流線型的身體；大大的頭、短短的尾，好像飛鏢一般，所以適合由高處衝入水中。加上牠的鼻孔長在喙的內側，眼睛四周有特別的油脂分泌，還能承受潛水時的衝激。

◉

北美洲，塘鵝最大的棲息地，是在加拿大魁北克省最東邊的勃納萬契島（**Bonaventure Island**）上，幾萬隻塘鵝利用夏季在岩石上築巢、交配。每對「夫妻」生下一個蛋，由公鳥和母鳥輪流孵化。再合

△岩石上停駐的、天空中飛舞的，是成千上萬的塘鵝。

不知奮鬥、不敢冒險、不能忍耐的，
永遠不可能成為一隻四海漂泊的塘鵝。

夫妻之力，餵養牠們的寶寶。

小塘鵝剛出生的時候，短短的身子、大大的頭，卻有著一張超寬的喙，牠的爸爸媽媽就把藏在喉中的魚，一條又一條，滑入小塘鵝的嘴。

吃得多、長得快，沒多久，小塘鵝就能長得比爸爸媽媽還重，牠不斷要吃，父母就不停地飛進飛出，供給牠。

但是，不知爲什麼，有一天，那作父母的大塘鵝會突然離巢而去，飛向遠方，再也不回頭。

小塘鵝不知所措了，牠想飛，但是太重，飛不起來。牠必須走到懸崖的邊緣，往下跳，利用上升氣流的浮力飛行。

牠沒有兄弟姐妹的陪伴，也沒有父母的保護，只能獨自向崖邊移動。四周充滿敵意的同類，會紛紛攻擊牠；在鄰近窺伺的老鷹會咬死牠，所以許多小塘鵝，還沒走到懸崖邊緣，就死在路上。

至於那些幸運走到崖邊的小塘鵝，則排成一列，等著往下跳。

那是牠們生命中的第一次飛躍啊！牠們走到崖邊，張開翅膀、伸長脖子，看到下面幾百公尺的大海，又會退回去。牠們猶豫又猶豫，有時能猶豫一個多禮拜。

就在這段又渴又餓又怕的時間，牠們快速地消瘦。比較輕的體重，使牠們更適於飛行。

然後，有一天，牠們終於不再遲疑，縱身而下，張開翅膀，開始一生的飛翔。

當然這第一次不可能都成功，有些弱的、笨的小塘鵝，就在這第一次，因爲無法控制自己，結果直直墜下，撞到海面而死亡。

至於那些試飛成功的，還要花上很長時間，跟著成年的塘鵝學捕魚，才能吃飽，也才有足夠的體力，在嚴冬來臨前，飛往南方的佛羅里達和墨西哥灣。在那裡，牠們又要待上四年，等自己發育成熟，再

不知奮鬥、不敢冒險、不能忍耐的，
永遠不可能成為一隻四海漂泊的塘鵝。

飛回北方。

◉

所以年年春天，在佛羅里達和墨西哥灣，可以看見成千上萬的大塘鵝遷徙，也會看見成千上萬不夠成熟的少年塘鵝留下來。

從爸爸媽媽離開牠的那一天，牠就可能再也見不到雙親。在南方，仰首看「塘鵝群」掠過頭頂，牠居然能不心動。

少年塘鵝知道，生命是要自己去開創的，生活是要自己去面對的，每一隻塘鵝的成長，都是充滿危機與挑戰的。不知奮鬥、不敢冒險、不能忍耐的，永遠不可能成爲一隻四海漂泊的塘鵝。

◉

在加拿大魁北克的帕爾賽（Perce），我寫下這個故事，給每個年輕的朋友……

△來！吐出你嘴裡的大魚，讓我賞你幾條小魚。

當魚鷹老了，做不動了，主人依舊養牠、帶牠，
讓牠站在船舷，一如退休的老人，看年輕一代工作……

人與鳥的家庭

灕江的夜裡，水面上總是燈光點點。不是遊船。是漁船。

那些漁民不撒網，也不垂釣，他們靠一種專會抓魚的水鳥——魚鷹。

每條船上，都站著許多頸長、喙尖的魚鷹，每隻魚鷹的脖子上都拴著一根草繩。

「去！」漁人一聲令下。有時候是魚鷹自己躍下，有時是船主將魚鷹拋入水中，就見那黑色的大鳥把頸子伸直，像是一條水蛇般潛入江中。

沒多久，在遠處水面上，竄起一團水花，魚鷹浮出水面，嘴裡已經叼著一條大魚。

船主趕緊把船搖近，用長篙將魚鷹接上船。魚鷹的嘴一張，大魚

就落入竹簍。

魚鷹爲什麼那麼乖，不自己偷偷把魚吃掉？

牠不是不想吃啊！只因爲脖子上拴的草繩，使牠吞不下大魚。

魚鷹爲什麼不逃跑？

因爲牠從小由漁人養大，漁人像牠的父母，那船就是牠的家。

而且魚鷹抓到魚總能分享，漁人會立刻由簍子裡拿出幾條小魚犒賞牠。

◉

漁人不但養魚鷹，給每隻魚鷹一個名字，而且像娶媳婦、嫁女兒一樣，到魚鷹繁殖的年歲，爲牠說親；以江邊的山洞作新房，讓牠們婚配，生產下一代。

當魚鷹老了，做不動了，主人依舊養牠、帶牠，讓牠站在船舷，一如退休的老人，看年輕一代工作。

當魚鷹動不了了，主人則給牠一頓加了烈酒的大餐，使牠醉死夢

當魚鷹老了，做不動了，主人依舊養牠、帶牠，
讓牠站在船舷，一如退休的老人，看年輕一代工作……

鄉，然後好好埋葬。

世世代代的漁人、世世代代的魚鷹。

在水上討生活，以船爲家。

◉

到漓江別忘了看「江若青羅帶，山如碧玉簪」的清漓勝景，別忘了看「共生、互利」的漓江漁人與魚鷹。

漓江的夜，燈火閃爍、水聲泠泠、清風陣陣，人與鳥正在一起工作。

那水色很迷離，那情境很悠然，那意味很深長。

△白天，在漓江江畔的竹筏上，魚鷹們正在休憩，等晚上一展身手。

你可以愛玩，但是要由小角馬的教訓中知道，
玩耍得看時候、場合，不要因為貪玩而耗費體力、失去戒心。

土狼與角馬

每次遇到好玩又不專心的孩子，我都要說個故事。

那是我在教育台的非洲影片裡見到的——

一群小角馬（gnu）在嬉戲，其中一隻特別活潑，忽左忽右地又蹦又跳，還一下子飛快地衝到遠處，再突然停住，頭一扭，跑回同伴的身邊。

遠處有一隻土狼，蹲在那兒，靜靜地看；牠不動，直到小角馬跑累了，停下來，土狼才突然衝過去。

在那紀錄影片裡，鏡頭拉開，成爲大遠景，只見草原上成千上百隻角馬。但是土狼只追那一隻小角馬，牠認準目標，好像面對仇人一般：「就是牠！」即使土狼從其他角馬身邊跑過，距離別的角馬比距離小角馬還近些，牠也不改變目標，追到底。

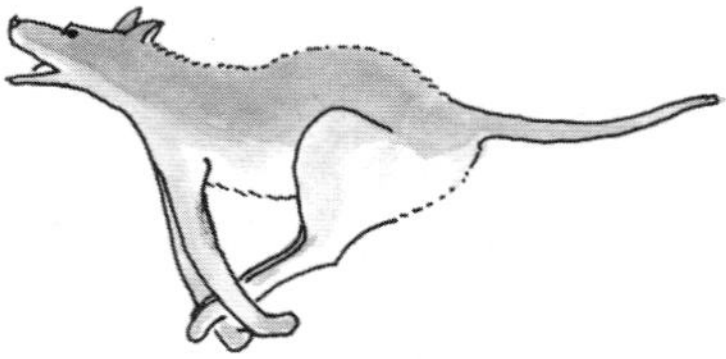

小角馬確實快，快得平常土狼絕對追不上。只怪牠先前又蹦又跳，消耗了太多體力，土狼又窮追不捨。

小角馬終於不支，被土狼一口咬死。

◉

你可以愛玩，但是要由小角馬的教訓中知道，玩耍得看時候、場合，不要因爲貪玩而耗費體力、失去戒心。

你想成功，就要學習土狼的專心，牠不急不躁、靜靜觀察，等待最佳的時機才出手，而且既然認定目標，就鍥而不舍、奮鬥到底。

人生的啓示

尼采說得好——

「人是一根繩索，架於超人與禽獸之間。

生命是過程而非目的。」

我們的一生，只是在追尋一種超越，

我們的一生，只是在尋求一些啓示。

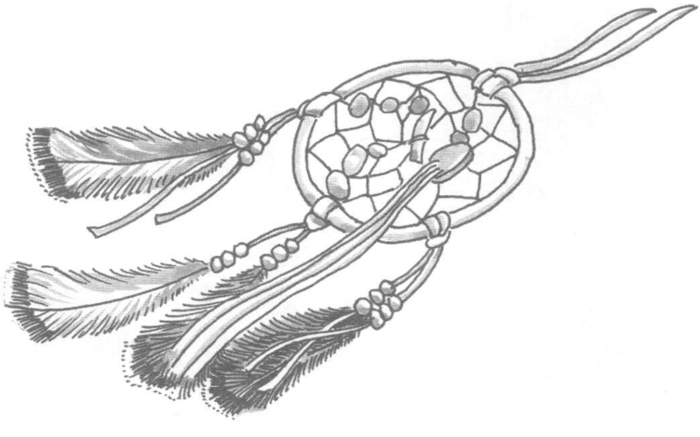

△買個捕夢網吧！捕給你無數個好夢。

你可曾想到，能有吃有喝、能呼吸、能看、能聽，就是一種美好。

捕夢網，生命的啓示

她霍地坐起，渾身冷汗，所幸張開眼睛，是在自己的臥房，她終於鬆了口氣。

總是作惡夢，總是從夢中驚醒，她受不了了，跑去找印地安的巫師。大家都說巫師有一種特殊的法力，可以趕走夢裡的妖魔。

「妖魔很厲害，我沒辦法把他完全趕走，但是我可以給妳一個奇妙的東西。」巫師聽她說完痛苦的遭遇，掏出一個圓框框，框上綁著好多繩子，下面則掛著貝殼、獸骨和羽毛。

巫師念念有詞，先呼喚天，又呼喚地，再呼喚大海，而後在那框子上吹口氣，交給她：

「這是捕夢網，妳要把它掛在牀頭，惡夢過來，會被上面的繩子纏住，再被野獸咬死，不能去傷害妳；好夢則會像風一樣，被羽毛籠

絡；像水一樣，被貝殼呼喚，然後凝結、墜落，到妳的夢鄉。」

◉

回到家，她就把捕夢網掛在牀頭。

果然，從那一夜，惡夢就少了。即使偶爾驚醒，看到捕夢網，她也不再恐懼，她知道惡夢被纏在網上，不可能傷害她。

更好的是，那捕夢網果然爲她捕到許多好夢。有時候她早上醒來，覺得一夜無夢，只要盯著捕夢網想，漸漸地，就會憶起前夜的美夢。

她覺得白天是個世界，夜裡也有個世界。自從有了捕夢網，她就同時擁有了兩個世界，生活變得好豐富。

◉

因爲工作，她出了國，但還帶著她的捕夢網，掛在每個異鄉的牀頭。

只是那網用太久了，上面的繩子、羽毛掛滿灰塵，她不得不拿去你可曾想到，能有吃有喝、能呼吸、能看、能聽，就是一種美好。

清洗。才一碰水，繩子就斷了、羽毛就碎了。

她急死了，而且當晚就作了惡夢，第二天就不再尋得到美夢。

◉

她終於回到家鄉，並且開車到大煙山的印地安人保護區，找到那位巫師。

巫師已經太老了。他躺在牀上擠出幾個字：

「我的魔法連我自己都救不了啦！」

「那怎麼辦？怎麼辦？」她急得哭了起來。

巫師伸出乾癟的手，拉了拉她的袖子，叫她靠近。又摸著她的頭髮，氣若遊絲地說：

「其實妳每夜都會有好夢，也都會有惡夢。只是因爲妳總被惡夢嚇醒，所以把惡夢記得特別清晰。至於那些好夢，妳不去細細回想，是不能想起來的。捕夢網不過是個工具，掛在牀頭，提醒妳醒來時，花點時間想想，回憶一下昨夜的美夢。」嘆口氣：「唉！我們白天不也都很美嗎？只是妳覺得嗎？妳感恩嗎？妳只會爲病了、傷了、考壞了、失敗了，去怨恨命不好。妳可曾想到，能有吃有喝、能呼吸、能看、能聽，就是一種美好。我……我現在就好羨慕妳能順暢地呼吸啊！」

說完，巫師就斷了氣。

◉

走出巫師的家，看到藍天、看到白雲、看到翠綠的樹林和村莊，她深深吸口氣，說：

「多好啊！人生何處不美夢。」

你不認識他，他就是個人，大不了是個長得特殊的人。但是當你認識他之後，他則由個陌生人成為你的朋友，成為一個活生生，令你了解與同情的「有情人」。

用心情遊覽

據說世界上最奇怪的導遊在義大利。

他們會把你帶到古跡前面，花四十分鐘爲你講解歷史的背景，然後說：

「好！現在你們可以自己去參觀了，二十分鐘之後集合。」

「既然是來遊覽，你何必囉嗦那麼久，耽誤我們那麼多時間？」

於是有人不高興，到下一個古跡時，不聽講解，自己去遊覽。

◉

如果是你，你是不是也會這樣？

但是你知道嗎？據調查，先聽四十分鐘講解，再去逛的人，比不聽解說，用一個小時自己遊覽的人，看到的多得多。

六十分鐘之後，回到遊覽車，先聽過講解的人，會說他們見到了

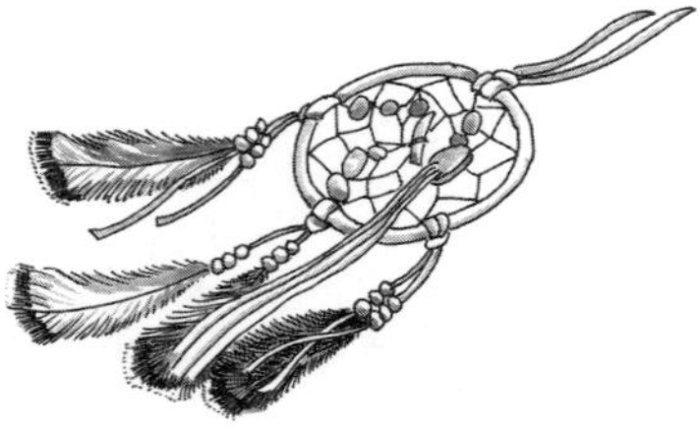

這個雕像的笑容、那個噴泉的特色、某個角落的壁畫、某個石階的缺損，他們甚至可以循著導遊說的故事，去想像千百年前在那宮廷中發生的爭鬥，看到大理石上濺染的血跡。

於是，那古跡變得更生動有情了；那遊覽變得更深刻有趣了。至於那些自己逛的人，只見東一片廢墟、西一座殘像，逛完義大利的每個古競技場，印象幾乎完全一樣。

◉

無論古跡、名勝或博物館，都像人。

你不認識他，他就是個人，大不了是個長得特殊的人。但是當你認識他之後，他則由個陌生人成爲你的朋友，成爲一個活生生，令你了解與同情的「有情人」。

遊覽名勝古跡，也如同你到林中賞鳥。

如果有人告訴你，哪裡有哪種鳥，循著他的指點，你能在短短時間中見到許多鳥。相反的，如果沒人指點，你則可能只見一片樹林、你不認識他，他就是個人，大不了是個長得特殊的人。但是當你認識他之後，他則由個陌生人成為你的朋友，成為一個活生生，令你了解與同情的「有情人」。

聽見許多鳥鳴，卻怎麼也找不到，即使找到，也不知那鳥有什麼習性，甚至不知那是什麼鳥。

◉

古人說得眞對——「行家看門道，外行看熱鬧。」

下次你去賞鳥、去旅遊、去逛博物館之前，先用用功，讀讀那裡的介紹吧！

用你的心、你的情，你對它們的了解，去親近它們、去發現一切吧！

你必然能有更大的感動，而且留下更深刻的記憶。

△瞧！這位女導遊，用她的「折傘」作「教鞭」，正在對一群觀光客發表演講。

過去，看你記了多少；今天，看你忘了多少。
過去，看你學了多少；今天看你用了多少。

是否依然？

十多年前，我跟幾個中學校友一起去郊遊，大家在路上有說有唱，從「慈母手中線」的〈遊子吟〉，唱到「都在何處，往日兒童多活潑」的〈老黑爵〉；從小學畢業時的「青青校樹、萋萋庭草」，唱到中學畢業典禮唱的「濃密密的烏雲堆滿山頂」。

因爲都是早年的歌了，好多歌詞已經記不清，所幸你忘的，我記得；我忘的，他又能想起，所以愈唱愈有勁兒。最令人驚訝的是其中一個老同學，記憶最好，他幾乎記得每首歌，甚至能背小學課本裡的〈武訓興學〉和全篇的〈岳陽樓記〉。

◉

十年過去了，最近我們又聚在一起。

雖然大家都白了髮，有些還禿了頂，仍然好像回到少年時，又是有說有唱。

大家也都唱十年前唱的那些歌，只是這次忘得更多了，連當年記性特佳的那位同學，也不再想得全，所幸另外有一個人，能取代他當年的位置。

「咦！奇怪，十年前同學會，你不見得高明，怎麼現在不但沒退步，還好像進步了呢？」有人好奇地問他。

「因爲上次大家唱，把我忘掉的詞都記起來了，這十年來，隔一陣子哼哼，居然你們忘了，我反而能不忘。」

◉

作學生的時候，我們要「背」、要「學」，那些背得牢，學得精，把什麼課文、公式都背得滾瓜爛熟，又把什麼數學理化，都學得十分透徹的人，總能考到高分。

但是，一個在學校裡傑出的人才，畢業十年、二十年之後，還一定傑出嗎？

過去，看你記了多少；今天，看你忘了多少。
過去，看你學了多少；今天，看你用了多少。

再把你們聚在一起，當初最會背書、最懂數理的仍然如此嗎？

不！你會發現情況可能完全改觀了。

只有那些常回頭複習，或到社會上從事的工作，使他不得不複習當年所學的人，才能記得學校裡的東西。

所以在學校，我們好像一樣一樣往腦裡塞；離開學校，我們又一樣一樣把過去塞的東西扔掉。有人不思不學、扔得快；有人學以致用，不但沒扔，還能增加新的。

幾十年後，同一批同學，站在一起，如果你能透視他們的腦海，很可能發現有些人更爲充實，有些人已經空了。

◉

過去，看你記了多少；今天，看你忘了多少。

過去，看你學了多少；今天，看你用了多少。

回頭想想！

如果你已經進入社會，你還記得多少學校裡的東西？

如果你是中學生，你能記得多少小學的東西？

你還記得幾個人？你還記得幾首歌？你還記得幾篇當年背得滾瓜爛熟的詩詞？

你過去的那段流金歲月，今天是否仍能在你的記憶中閃亮？

沒有一個成年了的女子，還要父母幫著起火，
因為她就將為人婦，為她的丈夫、孩子，
點這麼一爐火、守這麼一爐火。

守一爐人生的火

當日出移到東馬札蘭山的隘口，就是錫美族人的燃火節了。

年滿十七歲的少女，一早就在父母的祝福下出發，一個個空著手，走進馬札蘭山下的樹林。

葉子幾乎落盡了，毒蛇也已冬眠，蘆草都飛盡了芒花，剩下孤零零的枝幹。

少女們總是先用蘆莖編成籃子，在裡面鋪上蘆葉，再放進小小的枯枝。又用蘆莖將較粗的樹枝纏成架子，再把更粗大的枯木幹一層層綁上去。

◉

夕陽從西馬札蘭山落下時，少女們已經背著比她們高出半身的木柴，手裡提著滿載的蘆籃歸來了。

她們在自家的營帳前開始生火。先鋪上蘆葉、蘆莖和小枯枝，架起較強的枝子，再放上粗大的樹幹。

而後，她們用直而圓的木條，在引火的砧木上鑽動，當熱度逐漸升高，則撒上木屑、圍以乾草。

火呼一聲燃起了，她們趕快將火種移到柴堆下面，先引燃蘆草，燒起小枝，再點紅上面較粗的枝莖，當那起初的熊熊之火逐漸收斂，就是見眞章的時候。

有些少女，野心大，在上面放了太粗大的樹幹，卻沒在下面放置足夠引火的小枝；當小枝一下子燃盡，樹幹還沒燒透，那營火就由紅轉黑，接著熄滅了。少女雖然拚命吹、拚命煽，也救不了那堆火，急得坐在地上嚎啕大哭。

這一切都看在少女的家人和族人的眼裡，尤其看在族中少男的眼裡。雖然少女的父母急得跳腳，但是沒有人能過去幫忙。

每個少女一堆火，起得好這堆火，才代表她成年。

沒有一個成年了的女子，還要父母幫著起火，
因為她就將為人婦，為她的丈夫、孩子，
點這麼一爐火、守這麼一爐火。

沒有一個成年了的女子，還要父母幫著起火，因爲她就將爲人婦，在她自己的營帳裡，爲她的丈夫、孩子，點這麼一爐火、守這麼一爐火。

◉

對的！「點火」還不夠，更重要的是「守望」。

你看！當大雪紛飛的夜晚，每一家的營帳都透著紅紅的光，你也就可以想像那家必有個善於守火的女主人。

她知道當火太旺時，把柴分散，免得一下子燃盡；知道在火轉弱時，將小柴撥到一塊兒，好凝聚較大的熱力。她還知道什麼時候該添柴，什麼時候該轉動厚重的木塊，使每一塊柴都能被完全燃燒。

所以能幹的主婦，能每天晚上算好該用的木柴，將火勢維持在一定的溫度。她能使一整個冬天的營帳裡都溫暖，使丈夫孩子睡得安穩，並在第二天早晨，丈夫出去打獵前，捧上一碗熱呼呼的酥茶和一包用老羊皮裹著的肉串，再給孩子穿得暖暖的，送去學校。

△守一爐火、吹一曲樂、唱一首歌，這群墨西哥的土偶，在我導演下，正演出一幕「火劇」。

沒有一個成年了的女子，還要父母幫著起火，
因為她就將為人婦，為她的丈夫、孩子，
點這麼一爐火、守這麼一爐火。

◉

據說許多錫美族人的下一代，都進了城、落了戶。她們在城裡由賣山產和手織布起家，漸漸把生意擴大，個個都很成功。

據說他們即使已經住進城裡的豪宅，每年還是會把孩子帶回馬札蘭山腳的老家，參加那兒的燃火節。

因爲那燃火的經驗，正是使他們知道怎麼計畫、怎麼調配、怎麼守望、怎麼積蓄、怎麼循序漸進，在事業上獲得成功的原因。

彈一曲心靈的歌

你可能從五歲就學彈鋼琴，一學學了七年，進中學，功課忙；入社會，工作忙；成了家，家庭忙，再也不碰鋼琴。

從小到大，多少我們學的東西、花下去的時間、金錢，到後來都消失得無影無踪。一個由十二歲就不再摸琴鍵的小小鋼琴家，可能一輩子再也不碰琴，甚至忙得不去聽一首鋼琴曲。

那麼你早年花下去的時間金錢，除了可以換來父母用你炫耀的虛榮，對你還有什麼價值？

除非，當你學的時候，你能樂在其中。

◉ 各位曾經學琴的朋友，你當年是被逼迫，不得不學，還是由學習中得到許多樂趣？

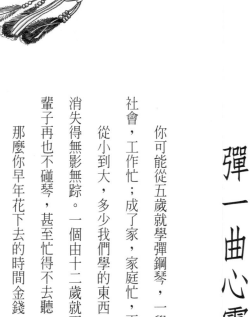

回頭想想你少年的學琴歲月，
那麼多功夫下去了，你是不是甘心就此一生都不再想它、不再碰它？

有一天，你作了父母，要孩子學琴，你是爲他「找樂趣」，還是「找功課」、「找痛苦」？

現在，回頭想想你少年的學琴歲月，那麼多功夫下去了，你是不是甘心就此一生都不再想它、不再碰它？

抑或，你可以今天坐下，打開塵封已久的琴蓋，終於爲自己，彈一曲心靈的歌？

△累了的人，對不起！我不准你坐。除非你不怕疼。

發現有個墓，居然沒有碑，只有個石椅子。
厚厚花崗石椅，正在路旁，好像特別為人休憩設置的。

請坐啊！

在紐約曼哈頓的街頭，看見高樓下面伸出一個長長的消防栓，粗粗的水管前面有兩個開口，想必當失火時可供兩個救火用的水管連接在上面。

奇怪的是，那消防栓上焊了五排尖尖的鋸齒。

我停住步子，盯著看，想那鋸齒的用處。

旁邊一個街頭的浪人衝我一笑：

「想不通，對不對？」又哈哈大笑兩聲：「告訴你，他是不讓我這種人坐在上面，所以釘了鋸齒。」

◉

想起有一次去歐洲，導遊帶大家經過一處國家公墓。

成千個墓碑，整整齊齊地立在如茵的草地上，像是穿著白色制服的軍人，肅立著。

「你們看！」導遊指指墓碑：「每個墓碑都是尖的，知道爲什麼作尖嗎？因爲那些墓碑都不高，都正好坐，他們怕人坐在碑上。」

◉

九十三歲的母親過世了，依她的遺願，就葬在離家不遠的教堂墓園。

「墓碑不必高，上面也不要作尖。」我對墓園的人說：「要寬寬大大的，我不怕人們坐，相信我母親也不在乎。」

「哈哈！」墓園管理人一笑，指指遠處：「你該去參考一下那邊那個。」

當時因爲心情不好，又値隆冬，我沒過去看。

直到今年春天，去掃墓，經過他指的地方，才發現有個墓，居然沒有碑，只有個石椅子。厚厚花崗石的椅子，正在路旁，好像特別爲人休憩設置的。

發現有個墓，居然沒有碑，只有個石椅子。
厚厚花崗石椅，正在路旁，好像特別為人休憩設置的。

再仔細看，椅子的側面刻著一個人的名字和生卒年歲——
「一九五六——一九九八」。
他只活了四十二個年頭。
那椅子就是他的墓碑。

△累了的人，請坐吧！這是我的墓碑，是我安眠，也是你休憩的地方。

忍死

有兩樣東西，每次我用，都會聯想到自己、聯想到人生。

一樣是強力膠——

二十多年前，當我初到美國的時候，住在維州理工大學一位蔣教授的家裡。

我隨身攜帶的一個三呎長的木箱，在旅行時撞裂了，蔣教授看到說：「來！我有一種強力膠，很好，我幫你把箱子黏起來。」接著拿來兩管膠，先摻在一起，塗在裂的地方，再用夾子固定。

「乾了之後，就再也不會裂了。」蔣教授說。

我將信將疑：「這膠水眞有那麼強嗎？」

「當然！」蔣教授把膠水遞到我眼前：「你看看！上面寫得清清楚楚，保證不會從黏過的地方再裂開，否則退錢。」

如果我像這架機器該多好，
有一天，上帝把我的Power關了，
我還能忍著不死，先把該做的事做完，才嚥氣。

果然，二十多年過去，我提著那個箱子繞了半個美國，又搬了五次家，雖然箱子有別的地方摔裂了，但是當年蔣教授黏的地方，還是結結實實。

箱子放在我書房的一角，每次我看到，都想：

「那箱子就像人，每個人都有弱點，都會犯錯，都可能裂開。但是如果他的意志能像那強力膠，犯過錯的地方，只要改正、黏牢，就不會再由那裡裂開，就不會犯同樣的錯。這有多好啊！」

◉

令我聯想到的另一樣東西，是我的錄影機。

那是我十幾年前買的，而今市面上早淘汰的Beta型機器。

Beta錄影機每次把帶子放進去，都會聽到一連串的響聲，表示要經過許多轉折，才能把錄影帶轉上磁頭。

同樣地，退帶的時候，也很麻煩，又得聽一連串的聲音，等好幾秒鐘，才能把錄影帶拿出來。

雖然早已不出Beta型的帶子，我卻保留那架機器。每次朋友問我爲什麼留這骨董，我都說：

「因爲我佩服它！」

「佩服一架被淘汰的錄影機？」

「對！因爲當我退帶的時候，即使因爲心急，按了Power鍵，把它的電源關了！它也不會立刻停止，它仍然會按部就班地先把『退帶』的工作做完，才熄滅。」

「那有什麼好佩服的？」朋友笑。

「我常想，如果我像這架機器該多好，有一天，上帝把我的Power關了，我還能忍著不死，先把該做的事做完，才嚥氣。」

◉

我常想，世上的強者，都該具有這兩種能力——

第一，不二過。

第二，事情沒有個交代，絕不輕言退休。甚至能「該死不死，忍著不死」。

人沒有貪妄之念，就能有心靈的富足。
人能以寬恕替代仇恨，才能有精神的泰然。

忍耐是不夠的

我有個朋友，曾經家財億萬，只因股票崩盤，他一下子垮了。有一陣子，他沮喪極了，膽固醇、血壓都高得驚人，還得了嚴重的憂鬱症。

最近在百貨公司遇見他們夫婦，居然正滿面春風地看水晶玻璃。「買不起了。」他對我笑笑：「以前的收藏也全賣了，但是看看櫥窗裡的，純欣賞，也挺好。」

◉

常在電視上見到一位政界的名人。

早年他曾因爲是異議分子，被關了二十多年，但是當別人血脈賁張地向舊政府討公道時，他沒有。

他總帶著一抹瀟灑的笑容，連眼睛都笑，見不到一點戾氣與怨恨。

「對付迫害，忍耐是不夠的，要寬恕！」他說。

◉

人沒有貪妄之念，就能有心靈的富足。

人能以寬恕替代仇恨，才能有精神的泰然。

捨不得，你就得不到最美的水晶玻璃。
捨不得，你就修不到最高的人生境界。

捨不得

如果你到國外旅行，買了水晶玻璃，過海關的時候千萬要小心。

你極可能被叫住，要你打開行李檢查。

因爲水晶玻璃是「鉛玻璃」，它像鉛一樣重，又像鉛一樣緊密，即使X光都無法穿透。機場人員只見螢幕上一塊黑，不知道裡面藏了什麼東西，只好要你打開箱子。

◉

你知道愈沒有氣泡的水晶玻璃愈珍貴嗎？

因爲玻璃溶液只要稍稍被攪動，就可能有空氣跑進去，造成氣泡。製作玻璃器皿的人，甚至不能搖動玻璃溶液，因爲只要稍稍動一下，就看得出玻璃流動的痕跡。

不信，你只要把水晶玻璃對著光，從不同角度檢視，八成會看見一絲一絲像水流的光影。

那麼，怎樣才能製成既無氣泡，又沒「流痕」的水晶玻璃呢？

只有一個方法，就是把玻璃原料在坩堝中熔化之後，讓它慢慢冷卻，再把坩堝敲碎。然後，將那整塊水晶玻璃用金剛砂輪切成你要的樣子。

◉

捨不得，你就得不到最美的水晶玻璃。

捨不得，你就修不到最高的人生境界。

提一萬就夠了，其他的存著，當我的本錢，我要再創業。十萬塊足夠我東山再起了。

跳樓前的奇遇

丁董垮了，十幾億的資產，一下子全沒了。

居然還有消息不靈通的朋友，打電話來，邀丁董去吃飯。

「一瓶紅酒就是十幾萬，天哪！我現在連一萬都沒有。」丁董掛上電話，心想：「我是眞完了，連以前的朋友都不敢交了。」

丁董把雜七雜八的東西，一一從抽屜裡掏出來，有扶輪社送的徽章，有客戶送的領帶夾，有投資公司送的資料，也有房地產公司新建大樓的簡介。

丁董全嘩啦一聲，倒進了垃圾桶。他作夢也沒想到，一年前還打算換新大樓辦公、計畫開海外分公司，還被請去爲年輕創業人演講。突然間，那些創業人，個個都比他有錢了。

他，丁老董，已經一文不名。

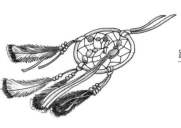

只怪自己野心太大啊！一下子投資了那麼多事業，卻又不內行，碰上景氣低迷，像骨牌一樣，一夕間，全垮了。

◉

抽屜清到底，眼睛一亮，居然有本存摺。噢！是那個早八百年前的私人存摺。因爲裡面沒幾文，後來開了公司戶，又換銀行開了支票戶，就把那老存摺忘在了一邊。

打開存摺，只有四萬塊。哼哼！丁董苦笑了兩聲，心想：「這還不夠我以前上一次酒廊『打賞』的呢！」又笑笑：「現在倒還算個錢，提出來，大吃一頓，再買瓶烈酒，帶到樓頂上喝個爛醉，應該夠了。」至於下面呢？丁董不願再想，跳下去，還有什麼好想？

看看錶，才三點，還來得及去銀行提。

◉

丁董走出空蕩蕩的公司，回頭看一眼，又猛一轉頭，把門帶上。

走進電梯，看見清潔工老張，手裡正拿個東西在笑，又對丁董一提一萬就夠了，其他的存著，當我的本錢，我要再創業。
十萬塊足夠我東山再起了。

笑：「不錯，撿到五十塊錢，不是您掉的吧？」

「五十塊錢？」丁董搖搖頭：「五十塊錢能做什麼？」

「欸！五十塊錢可不少了！」老張把眉毛挑得高高的：「五十塊可以買個很不錯的便當了。」

◉

電梯門開，進來兩個高中女生，商校的，顯然在那層樓打工，其中一個打開個小信封，抽出一張東西，接著跳了起來：「我拿到稿費了！」

就見另一個急著問：「多少錢？多少錢？」

「三百塊吔！」

「好棒喲！可以請我看電影了。」

◉

走出大樓，右轉，經過水果攤，看見一個主婦正跟老闆娘討價還價：

「好嘛！便宜五塊嘛！」

「不行！不行！」老闆娘喊：「我才賺妳三塊，已經是最便宜了。」

◉

走進銀行，三點二十，正好趕上。

丁董才要走到窗口，突然一男一女嘻嘻笑笑地衝過來，搶先一步，把存摺遞進去，又數了幾張鈔票交給櫃員。就聽見電腦印表機咔咔咔地響，存摺又交了出來。

拿回存摺，兩個人居然還擋在那兒不走，男生神秘兮兮地打開存摺給女生看。

就見女生叫了起來：「好棒喲，你存三萬多塊了！」

輪到丁董了，他有點不好意思，也不習慣，講句實在話，他已經太久不曾親自去銀行了。

把存摺遞進去，櫃員小姐笑了起來：「天哪！您這是多早以前的提一萬就夠了，其他的存著，當我的本錢，我要再創業。
十萬塊足夠我東山再起了。

存摺啊？已經是靜止戶了。」接著跑到裡面，大概是去調舊資料，半天才回來。又神秘兮兮地對丁董笑笑：

「不錯喲！您看！這麼多年，生了好多利息，總共十一萬三千四百元了。」

丁董怔了一下：「眞的啊！居然有那麼多啦？」

「您是提四萬呢？」小姐又問：「還是要多提一點？」

「提四萬吧！」丁董想想，又一伸手：「不不不！我要改，提一萬就夠了，其他的存著，當我的本錢，我要再創業。十萬塊足夠我東山再起了。」

赴一場人生的盛筵

如果你請個初識的女朋友吃西餐。

「就這個吧！」她用小指頭輕輕一點：「全餐！」

開胃小菜上來了，她一掃而空。

湯上來了，立刻見底。

沙拉上來了，她一一吞下。

主菜的前菜上來了，她慢慢吃，吃一半。

主菜正盤上來了，她已經摸著胸口喘氣：「我太飽，吃不下了。」

這種女生，可能沒見過世面。她沒有存心把你當凱子修理，只是不懂得點菜。

◉

他們能吃遍人生的盛筵，必定因為他們知道取捨；他們知道在前面少吃一點，而不是樣樣狼吞虎嚥。

相反地，如果那女生每樣都吃一點，只挑她喜歡的入口，可能就不簡單了，她必是個見多識廣的女生，足以把你這個苦哈哈的小男生，修理得慘兮兮。

◉

如果妳是女生，又愛那個請客的男生，請別謀殺他的荷包，請少點幾樣。

但是相反的，人生也像一場盛筵，你希望過得愈充實愈好，則要學那懂得吃全餐的大小姐。

你要一點一點品味，該淺嘗輒止的絕不多用；該當作主菜的，絕不忽略。

人生的盛筵，是上帝請客。祂把「天地的菜單」全放在你眼前，任你點。

你可以野心很大，點個義大利式的全套大餐。

只是，如果你不知道選擇、不知道捨棄。在這人生大餐上菜的過程中，你見一樣吞一樣，你必定愈吃愈累，早早就告別這場盛筵。

◉

看看這世上多少功成名就的人，晚年，仍然坐在他人生盛筵的桌前，品嚐最後一道甜點和餐後的美酒。

當你羨慕他們的時候，你先要告訴自己——

「他們能吃遍人生的盛筵，必定因爲他們知道取捨；他們知道在前面少吃一點，而不是樣樣狼吞虎嚥。」

既然選了，就無所謂對錯；既然走了，就不要怨恨。
你只有勇敢地走下去，到下一個分岔路，作正確的選擇。

人生不能重新來過

每次聽人說「如果我能倒退十年」、「如果我能重新來過」、「如果能讓我再一次選擇」……

每次見老師給學生出作文題——

「如果我還是個國中一年級的學生」

我就想，那題目有什麼意義呢？「成事不說」，畢竟已經成爲過去，沒有人能倒退十年、沒有人能重新來過，沒有人給你再一次的選擇，即使我們想回到昨天、回到前一刻，都不可能。想，又有啥用？

◉

人生總在選擇！

大的選擇好比走到大的岔路，選左？還是選右？小的選擇有如來到羊腸小徑的岔路，走左？還是走右？

走路容易啊！走錯了、行不通了，你總能後退，回到原來選擇的地方，換條路走下去。

但是人生行嗎？

今天你是個成名的畫家，你可以想「其實我的理工也很棒，當初如果我走了理工，說不定現在已經得到諾貝爾獎。」

今天你是個成功的電子新貴，你可以想「要不是父母逼我學理工，我照自己的興趣搞藝術，說不定今天就多了一個張大千。」

今天妳是個豪門的少奶奶，妳可以想「以我的才能，如果當年不早早嫁人，而去從政，現在一定是個女強人。」

今天妳是個棄婦，妳可以想「當初要是我沒拒絕那個窮小子，而今就成了官夫人。」

你永遠可以這樣想，但是你永遠只是現在的你。想，有什麼用？

◉

人生路多難走啊！每個人生的選擇都是多麼重要啊！

既然選了，就無所謂對錯；既然走了，就不要怨恨。
你只有勇敢地走下去，到下一個分岔路，作正確的選擇。

那麼多條路，攤在眼前，各自伸向不可知的未來。

從你選擇了，抬起腳，走上去的那一刻，你就再也不能回頭。回頭的路，已不是原來路；回頭的你，已不是當初的你。

「成事不說，遂事不諫，既往不咎」。選了就選了，走了就走了；既然選了，就無所謂對錯；既然走了，就不要怨恨。你只有勇敢地走下去，到下一個分岔路，作正確的選擇。

人生不能重新來過！

△回首來時路，這印在雪上的足痕可能更改？明日雪融冰釋，可還追摹得出你今天的足跡？

靈感就像愛。天地有愛，萬物化育；
人間有愛，糾纏變化。

靈感是什麼

靈感是什麼？

靈感就像滴答滴答的鐘錶聲，它總在走、總在響，總在你耳邊，但是你不特別去聽，就聽不到。

◉

靈感是什麼？

靈感就像一群人在說話，乍聽很吵，什麼也聽不到，但是當你專心聽其中一人說話的時候，別的聲音就成爲背景。你可以用你的心，從雜音中理出清晰的意義。

◉

靈感是什麼？

靈感就像愛。天地有愛，萬物化育；人間有愛，糾纏變化。

愛總在我們身邊，關懷總在我們四周，默契總在我們之間。你活在愛中，卻無感覺。但是只要你靜下來想想，就發現四處都是愛。

◉

靈感是什麼？

靈感無所不在，只要你去傾聽、去過濾、去尋找、去感觸。你必然有「靈光一閃」的感動。

所以那叫作「靈感」！

那不精采正指向精采，那平淡正指向高潮，
那無緣正指向有緣，那失敗正走向成功。

不能承受之輕

現代科技眞了不得，你不但可以看錄影帶、VCD、DVD，還可以「快跑」、「慢跑」、「停格」，甚至「局部放大」。你也可以先看「目錄」，然後專選某一段。

於是忙碌的人看戲就可以省時間了，碰到慢的情節和他不感興趣的場面，就按鈕，讓畫面匆匆飛過。

那畫面仍然是出現的，只是比原來快了五倍、十倍，所以看的人只要眼力好，還是知道劇情的發展。「跑著、跑著」，當關鍵的人物出現，火爆場面發生、高潮的時段來到，看戲的人又能再一按鈕，使畫面回歸正常的速度。

◉

如果你的電視有這樣的功能，相信你一定試著這麼「快跑」過。

你確實省了不少時間。但是你有沒有發現，這樣看完的影片，常難引起你的共鳴？

別人在戲院看過，告訴你好極了的電影，當你這樣快快地「跑一遍」之後，可能毫無感動。

原因是你錯過了「那些慢慢的醞釀」。

◉

生命中的「感動」，其實是用「無感動」堆積起來的啊！

兩個人平淡地生活三年，就不等於激情的三天；夫妻一場，就算不歡而散，也不等於「一場空」。

繪畫上的「焦點」，總是用「非焦點」襯托出來的；戲劇的高潮，總是以低潮累積的；無限美好的滋味，總是以許多看來可有可無的「作料」調製的；神效的秘方，常只是多了一味平凡的藥材。

◉

所以，別怨自己的人生不精采，別老說日子過得太平淡，別總嘆

那不精采正指向精采，那平淡正指向高潮，
那無緣正指向有緣，那失敗正走向成功。

姻緣不到自己的身邊。

要知道，那不精采正指向精采，那平淡正指向高潮，那無緣正指向有緣，那失敗正走向成功。

要知道，即使你一生都看來平凡無奇，只要你把它攤開來，寫成一本書、拍成一部戲，都會是感人的作品。

因爲生命本身，無論它怎麼呈現，都有「眞實的力量」；無論它多麼微不足道，都是「不能承受之輕」！

△不是沒有太陽，太陽只是躲在雲的背後。

太陽只是被遮在雲後面，它在那兒，沒有走，
它連一秒鐘都沒遲到，雲一讓開，太陽就露面了。

有太陽的陰天

在大樓門口遇見一對母子。小男孩看來只有四五歲，一邊走一邊喊：「我要去動物園嘛！我要去動物園嘛！」

媽媽則勸他：「不行！講好了，出太陽才能去，今天沒太陽，還可能下雨，不能去。」

這時候小男孩臉一抬，突然指著天空喊：「有太陽！有太陽！」

媽媽也看了看，說：「沒有啊！哪裡有太陽？」

「有！」小男孩指著天空：「就在雲後面，我就知道有太陽，雲一走開，太陽就出來了。」

◉

多有意思啊！我一路走，一路想，那孩子的話眞有道理，哪一天沒太陽呢？沒太陽，天就不會亮，何必非要看到大大圓圓的太陽，才

說有太陽呢？太陽只是被遮在雲後面，它在那兒，沒有走，它連一秒鐘都沒遲到，雲一讓開，太陽就露面了。

同樣的道理，在這世界上，誰沒有希望呢？

就算一時好像無望，也不是眞無望，希望總在那兒等著我們，它總會出現。

歡欣的孩子，總能看透烏雲，見到太陽；積極的人們，總能看透絕境，見到希望。

成功的啓示

成功者的心裡只有一個信念，
就是成功！
即使他鼻青臉腫地躺在路上，
都認為又向成功靠近了一步，
且感謝那將他打倒的人。
「你必須成功，
因為你不能失敗！」
成功沒有道理，它是一種執著。

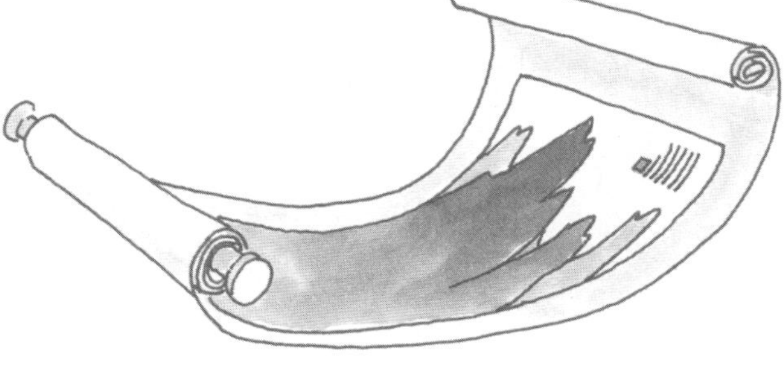

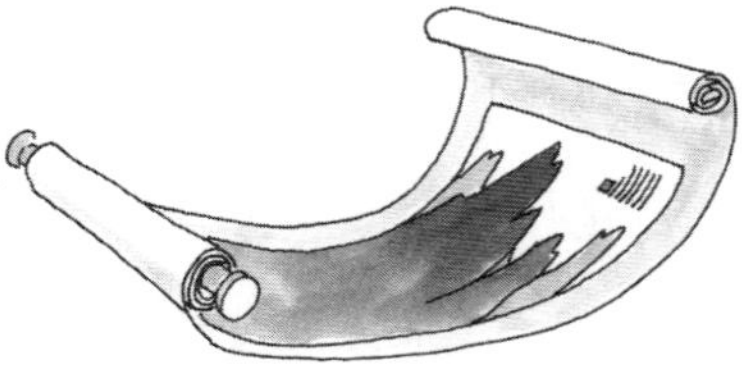

淹大水的那一天

不知是否溫室效應，這兩年一下大雨就淹水。

王老闆最怕淹水，因爲他賣紙，紙重，不能用樓上堆貨，只好把東西都放在一樓。

「天哪！還差半呎！」「天哪！只剩兩吋了！」

每次下大雨，王老闆都不眠不休，盯著門外的積水看。所幸回回有驚無險，正要淹進門的時候，雨就停了。

一年、兩年，都這麼度過。這一天，颱風來，除了下雨，還有河水氾濫，門前一下子成了條小河，轉眼水位就漫過了門檻，王老闆連沙包都來不及堆，店裡幾十萬的貨已經泡了湯。

王太太、店員，甚至王老闆才十歲的兒子都出動了，試著搶救一點紙，問題是，紙會吸水，從下往上，一包滲向一包，而且外面的水還不斷往店裡灌。

大家正不知所措，卻見王老闆一人，冒著雨、蹚著水，出去了。

「大概去找救兵了。」王太太說。

可是幾個鐘頭過去，雨停了、水退了，才見王老闆一個人回來。而且這時候就算他帶幾十個救兵回來，又有什麼用？

店裡所有的紙都報銷了，又因爲沾上泥沙，連免費送去作回收紙漿，紙廠都不要。

◉

王老闆收拾完殘局，就搬家了，搬到一個老舊公寓的一樓。他依舊作紙張的批發生意，而且一次進了比以前多兩三倍的貨。

「他是沒淹怕，等著關門大吉。」有職員私下議論。

果然，又來颱風，又下大雨，河水又氾濫，而且比上次更嚴重。好多路上的車子都泡了湯，好多地下室都成爲游泳池，好些人不得不爬上屋頂。

王老闆一家人，站在店門口，左看，街那頭淹水了；右看，街角也成了澤國，只有王老闆店面的這一段，地勢大概特高，居然一點也沒事，連王老闆停在門口的新車，都成了全市少數能夠劫後餘生的。

◉

王老闆一下子發了，因爲幾乎所有的紙行都泡了湯，連紙廠都沒能倖免，人們急著要用紙，印刷廠急著要補貨、出版社急著要出書，大家都抱著現款來求王老闆。

「你眞會找地方。」有同業問：「平常怎麼看，都看不出你這裡地勢高，你怎會知道？」

「簡單嘛！」王老闆笑笑：「上次我店裡淹水，我眼看沒救了，乾脆蹚著水，趁雨大，在全城繞了幾圈，看看什麼地方不淹水。於是，我找到這裡。」王老闆拍拍身邊堆積如山的紙，得意地說：「這叫救不了上次，救下次，眞正的『亡羊補牢』哇！」

當你在「人生的賭場」已經絕望，打算離場的時候。
注意！正有人興致勃勃地打算入場。

跳樓指數

賭場裡有一種高手，他四處遊走，專門注意那些已經守在同一架「吃角子老虎」之前幾個小時，卻輸多贏少的客人。

當那客人輸光了手上的籌碼，氣得跳腳，終於自認倒楣，離開那架機器時，這「高手」就立刻取而代之。

令人吐血的是，常常前面的客人還走不到幾步，突然聽見背後的機器狂響，回頭只見機器上的紅燈直閃，「他」枯坐幾個小時，賠下幾百幾千的那架吃角子老虎，居然正在狂吐錢幣。

大撈一票的，正是那位高手。

◉

在香港的股市，有所謂「跳樓指數」。

當股市狂跌，許多投資人被斷頭、血本無歸，絕望得跳樓自殺時，就有等待許久的「高手」入場。

往往他們進場沒幾天，股市就止跌回升了。

◉

絕望的那一刻，往往是希望的開始。

危機的盡頭，往往就是轉機。

山窮水盡的地方，往往就會柳暗花明。

當你在「人生的賭場」已經絕望，打算離場的時候。注意！正有人興致勃勃地打算入場。

只要你再堅持一刻，成功就是你的！

捨得！捨得！要「得」，先得「捨」。
抱負！抱負！要「抱」，先得「負」。

捨得與抱負

世貿中心爆炸案，一下子奪去了幾千條無辜者的性命。

「我們可以寬恕（forgive），但是不能遺忘（forget）。」電視裡播出這樣的句子。

「這英文多有意思啊！」一個朋友看了對我說：「你看『寬恕（forgive）』是give，是給予；而那『遺忘（forget）』，反而是get，是得到。」嘆口氣：「你愈要遺忘，愈遺忘不了；只有當你完全寬恕他、諒解他，對他付出愛、對他伸出手的時候，才能真正得到心靈的寧靜。」

◉

何止英文如此，中文也一樣奇妙啊！

捨得！捨得！要「得」，先得「捨」；不「捨棄」，哪有空間「獲得」？

抱負！抱負！要「抱」，先得「負」；不「負重」，哪有資格「擁抱」勝利與成功？

即使你窮得只剩一件衣服，你也應該把它洗得乾乾淨淨，
讓自己穿起來，有一種尊嚴。

什麼是價值

畢卡索生前，在一張報紙空白處畫的速寫，居然拍賣到十幾萬美金。

「這速寫不過草草幾筆，根本沒什麼藝術價值，」有評論家說：「有的話，只是市場價值。」

四〇年代的中國，政經混亂、通貨膨脹，百元當一元用，千元作十元用，買個雞蛋也要上萬元。「這錢還有什麼錢的價值。」有人罵：「它還不如紙的價值。」

◉

什麼是價值？

一張古畫，今天人人都想收藏，它可能是無價之寶；明天，有人鑑定是贋品，它又可能不值幾文。

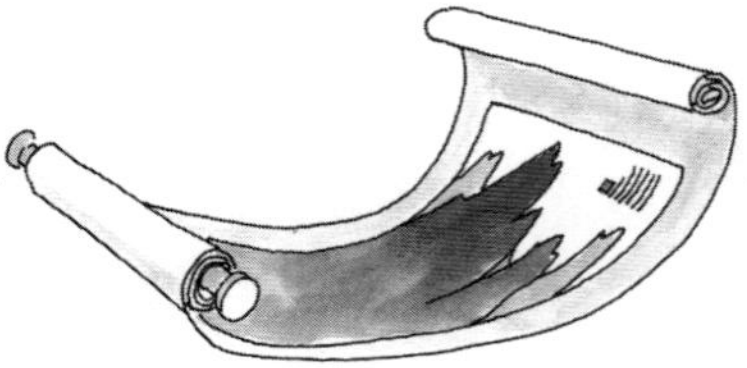

一個公司的股票，今天大家都想買，它可能大漲；明天財報出來，顯示前景欠佳，又可能一落千丈。

一國的貨幣，今天它的國力強，人人搶著持有，匯率可能一直攀升；明天成爲泡沫經濟，它又可能大幅貶值。

◉

價值是它在人們心裡的分量。大家都看好它、欣賞它、希望持有它，它就有價值。

這世間的東西，哪樣東西能永遠不變呢？流行會退潮、股市能崩盤、值幣能狂瀉。也就因此，許多投資人突然間一無所有，甚至跳樓自殺。

他們錯了啊！他們忘了有一樣價值，可以由他們自己決定，那就是「生命的價值」。只要有信心、肯努力、認定自己能東山再起，生命的價值就能維持在最高點。

◉

即使你窮得只剩一件衣服，你也應該把它洗得乾乾淨淨，
讓自己穿起來，有一種尊嚴。

當你失去所有身外的價值時，別忘了你還有生命的價值；當你費盡力量，拉抬財產的價值，卻失敗的時候，別忘了還有一樣絕對操之在你的東西——

生命的價值！

印度佛教復興之父，安貝卡（Dr. Bhim Rao Ambedkar）說得好：「即使你窮得只剩一件衣服，你也應該把它洗得乾乾淨淨，讓自己穿起來，有一種尊嚴。」

△看！泰山的石階，是這樣一點一點敲鑿出來的。

哪個喋喋不休的女人，能表現出風韻？
哪個一刻不停的男人，能表現出丰采？

從容的秘訣

「播慢一點！」組長對他說。

「播慢一點！」導播對他說。

「播慢一點！」經理對他說。

「播慢一點！」居然在電視公司門口，遇到總經理，也得到這麼一句建議。

「我播得並不快啊！」小王心想：「我偷偷計算過了，別人播的字數跟我差不多，爲什麼大家不說別的主播播得快，卻覺得我快呢？」

◉

爲了找出問題的所在，小王特別去拜望了大學時的新聞系教授。

「我注意到了，你播新聞給人的感覺確實有點快。」

教授一見面就說：「不過那不是眞快，而是因爲你的氣有點急。」

「氣急？」小王不懂：「我一點沒有上氣不接下氣的感覺啊！」

教授笑笑，叫小王坐下，從茶几下面掏出個照相簿：「來！先不談報新聞，你瞧瞧！我剛從墨西哥回來，這麼老了，還去爬馬雅人的金字塔呢！神不神？」

教授指著一張照片，只見那幾乎只有四十五度的塔階上，一群人手腳並用地往上爬，教授正是其中一個。

「上去還好，下去可就恐怖了。」教授瞪大眼睛：「因爲往下一看，每個台階都一樣窄，幾百階直通地面，一個不小心，滾下去，就完蛋了。比起來，還是泰山好爬。」說著翻到相簿的另一頁：「你瞧！連你師母都上了泰山。」

「泰山爲什麼反而好爬呢？不是『登泰山而小天下』嗎？」小王問。

哪個喋喋不休的女人，能表現出風韻？
哪個一刻不停的男人，能表現出丰采？

「因爲泰山的石階雖然也陡，可是每隔一段，就會有一塊比較寬的地方，讓你可以暫時休息休息。」教授指著照片說：「就算不小心，滾下去了，因爲有比較寬的地方可以緩衝，也好得多。」笑笑：「你注意！凡是讓人覺得危險的，像是黃山的天都峰、馬雅的金字塔，都不見得因爲它高，而是因爲它中間沒有留下讓人緩口氣的地方。」

◉

多麼奇妙啊，自從拜訪那位老教授，小王播新聞就不再給人急迫的感覺了。以前批評他的長官，一個個豎起大拇指：「播得太棒了，不疾不徐、字正腔圓。」沒多久，小王就當選了全國最受歡迎電視記者。因此，許多新進的記者都去向他請益。

「說來其實不難，」小王說：「就像爬山，別一直往前衝，走一段總要喘口氣，如果你一個勁地念稿子，中間沒有明顯的頓挫，就會讓人覺得氣急。相反地，你可以播得很快，但是如果到專有名詞的地方都能稍稍放緩一點；在段落與段落之間，都稍微作個停頓；甚至輕輕點個頭，笑一下，觀眾看來自然覺得你從容。」小王笑笑：「哪個喋喋不休的女人，能表現出風韻？哪個一刻不停的男人，能表現出丰采？緊張當中要有節奏、忙碌當中要有休閒。繪畫時，在緊密當中要留個空白；歌唱時，在段落之間要吸口氣。天下的道理，其實都一樣啊！」

畢業的那一刻，就是起跑的那一刻，
要好好利用過去，才能不虧本哪！

別虧了人生的本

遇到一個在麻省理工學院，剛拿到博士學位的年輕人。

「眞不簡單！」我讚美他：「拿到MIT的博士，你可以好好施展抱負了。」

「對！我是得趕快加油，要不然就虧大了。」

「虧大了？」我不太懂他的話。

「是啊！」他笑笑：「您算算，我今年二十八歲，前面從出生，學坐、學爬、學走路、學說話，小學、中學、大學，到今天拿到博士學位，我用了二十八年啊！我也消耗了我父母和社會的資源二十八年啊！」嘆口氣：「可是，算算下面，還有多少年？像我們這種搞尖端科技的，如果不一直努力，只怕能工作的時間，還不到二十八年，等我五十六歲，早落伍了。」

可不是嗎？我算算，原來求學的報酬是相當有限的。拿這位博士來算，他學一年只相當於以後用一年，學一小時，也只有用一小時的報酬率。怪不得他說——

「我得趕快起跑！畢業的那一刻，就是我起跑的那一刻，在今後的二十八年，我要好好利用過去的二十八年，才能扯平，我的人生也才能不虧本哪！」

我只有在開直線的時候會想事情，
當我轉彎時，我什麼都不想。
我不能想，因為我要轉彎了！

飛車手

世界著名的賽車高手瓦洛第又獲勝了，記者訪問他：

「當你在比賽時，心裡會想事情嗎？」

「會！」

「你想什麼？」

「我總想，賽車眞是太危險、太辛苦了，所以賽完這場就退休不賽了。」瓦洛第說：「然後我想，既然是最後一場，爲了讓自己光榮退休，我一定要拚命。」

「你爲什麼每次都這麼想，又一直沒退休呢？」記者問。

「因爲當我衝到終點的時候，又想我雖然贏了，但是成績還不夠好，我應該能表現得更好，『我』應該表現得比『我』好。」瓦洛第把「我」字特別強調。

「眞偉大！」記者說：「你是在超越自己。」

「等一等！」瓦洛第喊：「我還沒說完，我要補充的是，我只有在開直線的時候會想事情；當我轉彎時，我什麼都不想。我不能想，因爲我要轉彎了！」

那對夫婦立刻叫了起來：「原來他不是你們公司的？」
老傢伙雙手一攤，笑了：「本來不是，現在是了。」

就從現在起

小陶是準九點鐘到的，但是還沒進門就嚇一跳：

「天哪！只招一個汽車推銷員，怎麼會有這麼多人應徵？」小陶問他前面的一個人：「您也是來應徵的嗎？要不要先進去領表格？」

那人白了小陶一眼，點點頭又搖搖頭。

◉

大概確實缺人吧！偌大的公司裡只見一個推銷員，正爲顧客介紹車子，另外的大概就是在裡面口試的老闆了。

門外來了一對夫妻，看裡面一大排人，就問小陶：「老闆在嗎？」

「在！可是正在爲應徵的人口試。」小陶說：「推銷員在那兒。」指指正忙著的那個推銷員。

「他好像正忙。」男人對太太說：「我們改天再來吧！你看，人那麼多。」說完就轉身要走。

「您二位要看車嗎？」小陶追了過去：「我可以帶您看。」接著帶那對夫婦，一輛輛介紹：

「這車雖然不貴，但是聽關門的聲音，跟賓士一樣。」「這車考慮到兩個人對溫度的需求不同，所以有兩個空調控制，左邊和右邊出來的風可以不同。」「這輛車的車燈是鹵素燈，亮得多。」「這款車其實跟那一型是同樣的，只是名字不同，前面能坐三個人，而且便宜得多。」

一向愛車的小陶，一輛輛解說，還建議對方坐進去感覺一下。

◉

那對夫婦的興致，也就愈來愈高，一輛一輛比，甚至爲了試隔音的效果，關上車門，叫小陶站在外面跟他們說話，還要他說大聲一點。

那對夫婦立刻叫了起來：「原來他不是你們公司的？」
老傢伙雙手一攤，笑了：「本來不是，現在是了。」

「還是這輛隔音好，價錢也公道。」那太太說話了：「這位先生說得不錯，他確實跟那輛頂級車沒什麼大分別。」

「我們就買這輛吧！」丈夫點點頭。

小陶趕緊說：「那麼二位稍候，我去找人帶您填單。」轉身，差點跟個白頭髮的老傢伙撞上。

「你是來應徵的？」老傢伙問小陶：「你挺內行嘛！」

小陶有點不好意思：「還好啦，只是平常注意。」又鞠個躬：「對不起，因爲發現沒人招呼他們，我就自告奮勇……」

那對夫婦立刻叫了起來：「原來他不是你們公司的？」

老傢伙雙手一攤，笑了：「本來不是，現在是了。」

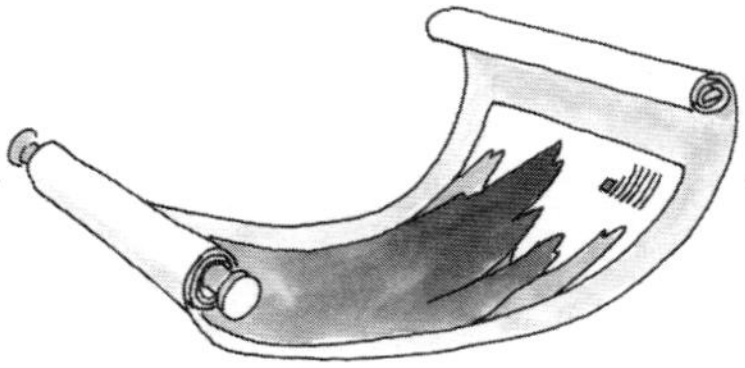

懸賞

「星期天，我們將在十枚金幣上，各滴一滴本公司生產的超級強力膠，然後貼在牆上。」膠水公司發布新聞：「誰能從牆上摘下金幣，金幣就是他的。」

星期天，新聞媒體都到了，更湧來成千的民眾，有自信臂力最強的舉重選手，有自認指力最強的「攀岩專家」，還有苦練「鷹爪功」數十年的武林高手。

膠水滴下了，十枚金幣黏上了牆面。

高手一擁而上，各拚全力要摘下金幣。

但是，金幣文風不動。後面上千人，包括老人和小孩也搶著試，大家用盡吃奶的力氣，有人指甲都斷了，有人傷到了背，仍然一無所獲。

你家的消防器在哪裡？你車上的安全帶在哪裡？
難道也要用一場火災、一起車禍和一生遺憾，來引起你的注意嗎？

新聞播出，那膠水一下子成名了。連不急著用膠水的人也買一管，說要收藏這神奇的東西，以備不時之需。

◉

「尋找受害者，過去三十年來，誰用我們的藥皂，受到傷害，我們賠他一千萬。」

看到報上的整版廣告，大家交頭接耳：

「那是什麼藥皂啊？」

「是老東西了，我以前用過，有股藥味。」

「大概傳說有人受害，所以調查。」

問題是廣告連登三次，沒有一個人出來要求賠償。

於是廣告又出現了，這次換了內容——

「一千萬沒人領，可見過去三十年的老品牌禁得起考驗，它雖然有藥味，但是只殺菌，不傷人，大家可以安心使用。」

原來已經被人遺忘的藥皂，突然鹹魚翻生，大賣特賣了。而且愈

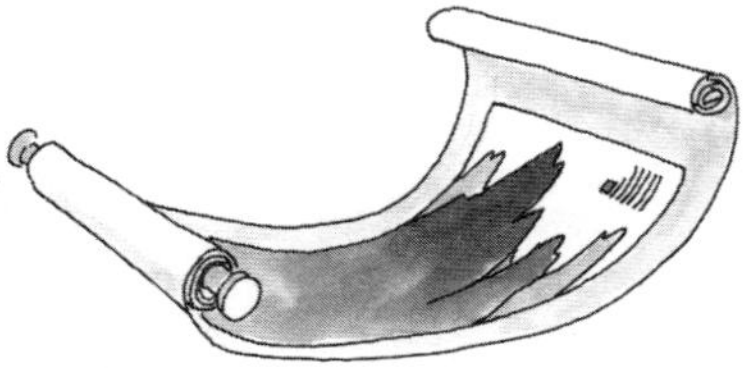

是流行感冒的季節愈暢銷，再也沒人怨它的藥味。

◉

膠水有什麼希奇？藥皀有啥了不起？

但是，十枚金幣、一千萬的獎金。使你注意到過去忽略的東西。

那麼，我問你，你家的消防器在哪裡？你車上的安全帶在哪裡？

難道也要用一場火災、一起車禍和一生的遺憾，來引起你的注意嗎？

不要覺得自己醜，要在醜裡發現美，把那美「彰顯」出來。
不要武斷地說別人醜，要知道每個人都有美的一面，只是你沒發現。

網友見面時

你知道拉丁歌王胡立歐到台灣時，規定記者只能站在左上方拍照嗎？

你知道世界男高音天王帕瓦洛第，會要求電視不可照他身體的側面嗎？

你知道許多明星要求記者拍照之後，一定要經他同意，才能發表嗎？

因爲胡立歐知道自己老了，有雙下巴，從上面拍比較好看；因爲帕瓦洛第知道自己太胖，肚子太大，從側面看太驚人；因爲明星們要以自己最美的面目示人。

◉

多奇怪呀！

再醜的人，都可能某一天，從某個角度，拍到某一個瞬間的表情，讓人覺得漂亮。

「那是他嗎？怎麼這麼漂亮？」你自問自答：「是像他，是他。」

既然像他、既然是他，你何必驚訝他漂亮呢？

你驚訝，是因爲你過去沒看過他的那個角度，沒見過他的那個表情，沒遇上那樣的光線。

◉

人都這樣啊！

不要覺得自己醜，要在醜裡發現美，把那美「彰顯」出來。

不要武斷地說別人醜，要知道每個人都有美的一面，只是你沒發現。

不要在網上看到他英俊、她美麗，就以爲他每個角度都好。

只怕你跟他見面時，要嚇一跳。

瞧你說話的樣子，就不假。
我佩服你，那麼苦，還能守住那幅畫，
我也相信，你能守住我女兒。

傳家寶

家道中落的父親，臨終，把獨子叫到牀前，指指牀下，顫抖著說：

「這兒有一幅畫，是唐代王維的眞蹟，你爺爺留下來的。」苦笑一下：「這麼多年來，家裡的錢被人坑的坑、倒的倒，可是我始終守著這幅畫。我心裡很踏實，我自己告訴自己，我還有路，眞絕了，還能把這幅畫賣掉。就這樣，我居然撐下來了，能把這幅畫，好好交到你手裡。」

話說完，老人就嚥了氣。

喪事辦完，兒子在老母的陪同下，拉出牀下的鐵箱子，打開來，果然有一幅精裱的古畫。象牙的軸頭、織錦的卷首；展開來，雖然絹色早已變暗，但是筆力蒼勁，一看就是幅傳世的無價之寶。

「把畫賣了吧！」老母說：「好供你去留學。」

「不！」兒子說：「不能賣，以前家裡那麼苦，爸爸都撐下來，沒賣，我也能撐下來，除非路走絕了……」

◉

天無絕人之路，兒子居然靠爲人補習，出國打工和得到的獎學金，順利地修到學位，還交了一個可愛的女朋友。

「你有多少錢？能娶我女兒？」女朋友的父親不太看得上這個窮小子。

年輕人一笑，說：「伯父，我家窮，但也不窮，說實話我們還挺有錢，因爲我家傳下來一張唐代王維的眞蹟，只是我媽不願賣，賣了最少能買一棟房子。下次我拿來，您看看就知道了。」

女朋友的父親笑了：「不用看了！瞧你說話的樣子，就知道不假。我佩服你，那麼苦，還能守住那幅畫；我也相信，你能守住我女兒。」

瞧你說話的樣子，就不假。
我佩服你，那麼苦，還能守住那幅畫，
我也相信，你能守住我女兒。

他們結婚了，胼手胝足，打下一片江山；二十年後，成爲大企業家。

他們有兩個兒子，也都各有所成。每年春節，作父親的都會在拈香拜祖先之後，再把手洗乾淨，在老妻的協助下，打開那張傳家之寶：

「瞧瞧！你們爺爺留下來的寶貝，『詩中有畫、畫中有詩』，王維的畫。爺爺早年經商失敗，又被人騙，一窮二白的時候，明明把畫賣了，就能過好日子，但是他咬著牙，硬是不賣。」老人笑笑：「爸爸也一樣，明明賣了畫，就有了留學的錢，可也捨不得，靠自己撐下來了。也幸虧如此，拿這幅畫，贏得你外公的青睞，娶到你們的媽媽。將來這幅畫就傳給你們，希望你們也能好好守著。」

兩夫婦都死了。畫從保險箱拿出來，兄弟二人搶著要，甚至翻了

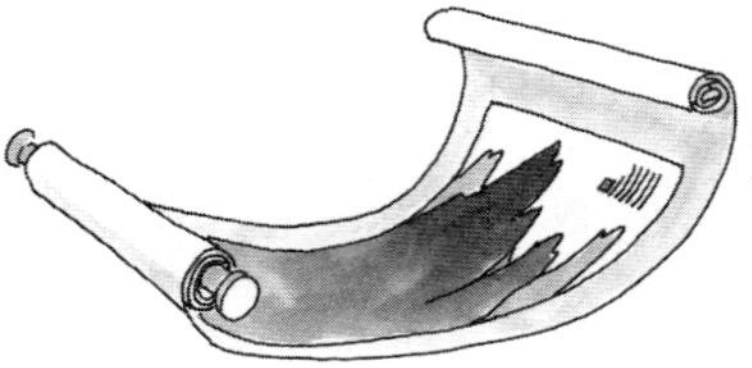

臉。

「得了！」作哥哥的一拍桌子：「把它賣掉算了，畫不好分，錢好分，一人一半。」

這幅唐代王維的神品山水畫，終於被兩兄弟送到拍賣公司。收藏界早聽說有這麼一幅畫，也早派人出來打聽底價。

只是，拍賣目錄印出來，居然沒有那幅畫，據說兩兄弟又後悔了，抽回那王維眞蹟。

而且兩人顯然取得諒解，古畫歸老大；爲這事，老二的太太還很不高興，覺得丈夫無能。

直到丈夫在她耳邊輕輕說了幾句話，又拿出拍賣公司的鑑定書，太太才笑了。

◉

又過幾十年，老大也將逝了。

臨終，他把孩子叫到牀前，如同他爺爺當年把他爸爸喊到牀前一瞧你說話的樣子，就不假。
我佩服你，那麼苦，還能守住那幅畫，
我也相信，你能守住我女兒。

般，顫抖著說：

「咱們銀行保險箱裡，藏著一幅傳家之寶。你的曾祖父靠它支撐著，熬過難關；你的祖父又靠它撐著，克服萬難；我又和你叔叔，從畫裡得到很多教訓，彼此關照著過一生。而今，這畫傳給你了。困苦的時候常想想你有這個寶，你就不會自嘆不如人。但是，記住！你絕對不能賣了這幅畫……」

愛的啓示

當你受不了寂寞、受不了苦難、
受不了折磨、受不了誤解的時候，
在那「受」裡加一顆「心」吧！
把「遭受」變作「付出」，
把「受」變成「愛」！

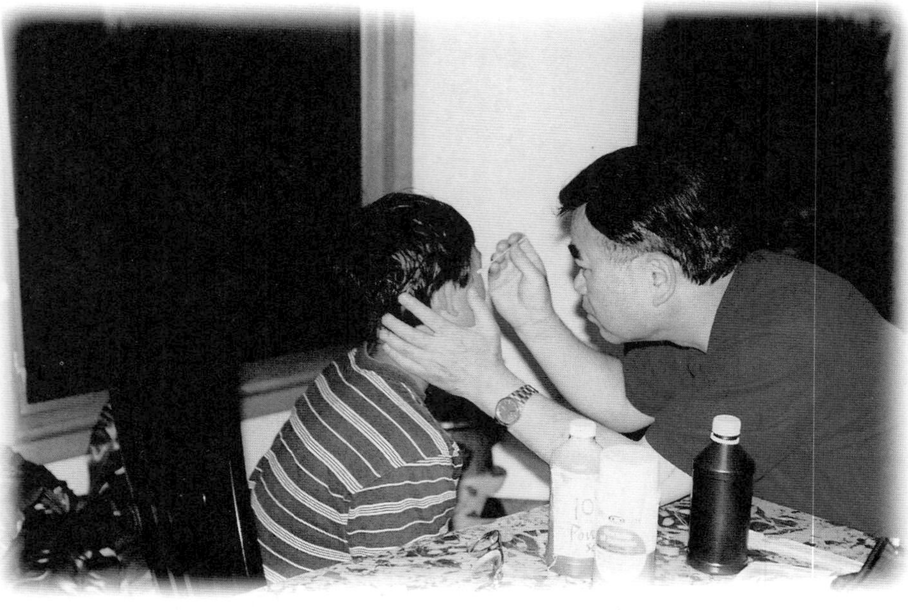

△讓我為你上藥、讓我為你包紮，別留下永久的疤痕。

當妳跟同學、跟親人，有什麼衝突的時候，
要立刻雙方坐下來溝通，把那傷口彌平，
別留下一生的遺憾、一輩子的疤痕。

疤痕

女兒的表弟來家裡玩，他的眼角因爲前一天，撞到樹，而有個小小的傷口。

正巧有個醫生朋友來，看見他的傷口，仔細檢查一下，居然叫起來：「這傷口怎麼能只搽藥呢？」

「是我媽媽搽的。」男孩說：「她說過兩天就好了。」

「對！是兩天就好了，但是卻留下一道疤，一輩子也不會好。」

醫生朋友趕快跑回車子，拿出一種特別的繃條，爲男孩消毒之後貼好。一邊貼、一邊叮囑：「有傷口，一定要趕快把它合起來，大的傷口要縫，小的傷口要貼，你如果不這樣做，任它裂開，四周的細胞雖然會增生，把那傷口蓋住，但增生的地方就會留下一個疤痕。」

◉

「原來疤痕是這麼造成的。」晚上洗澡時，我看自己身上，五十多年來留下的許多疤痕，心想：「身上的疤痕如此，心上的疤痕不也一樣嗎？有的朋友發生衝突，因爲馬上想辦法彌補，就像沒有過衝突一樣。相反的，有些人一不高興，就永遠避著彼此，久了，雖然像身上的疤痕，也能癒合，彼此見面，也依然寒暄，心上的疤痕卻永遠除不掉。」

洗完澡，我把女兒叫到面前，對她說：

「美國人常說『從馬背上摔下來，要立刻跳回馬背』。同樣的道理，當妳跟同學、跟親人，有什麼衝突的時候，也要立刻找對方溝通，把那傷口彌平。別留下一生的遺憾、一輩子的疤痕。」

深夜，從遠處望去，只見一片空空蕩蕩的停車場上，
亮著一圈又一圈的燭光……

今夜沒人來開車

在這個長島火車站的停車場，每天早上總是停滿車子，每天晚上總是空空蕩蕩。

因爲許多在紐約曼哈頓上班的人，早晨都從家裡先開車到車站，轉搭火車進城；下班再搭火車回到這個車站，開車回家。

火車的班次多，不堵車、不誤點，附近的上班族，幾乎已經沒有人再自己開車進城了。也由於每天總是同一批人，在同一時間、搭同一班車，彼此雖不一定知道名字，但都有了熟識的感覺，偶爾也說說笑話，聊聊天。

◉

但是今天，在回長島的火車上，不再有人說笑。每個人都板著一張臉，熟人見面只是點個頭，就又把臉朝向窗外。

車子裡也比較空了，有些人在世貿中心倒塌之後，嚇得提前回了家；有些人被困在曼哈頓，無法搭上車。

當然，也有些人再也回不了家。

停車場上，車子一輛輛開走了，但是不像往日，變得空空蕩蕩。一直到深夜十二點，仍然有七輛車停在那兒，沒動。

第二天早晨，有些車子駛來，跳下人，紅著眼睛，把原來停在那兒的車子開走。正好碰上許多人停下車子，準備去上班，彼此講幾句話，就抱在一起哭了。

這天深夜，場上剩下三輛車子。

又過兩天，就只剩下一輛了。

這輛車一直停在那兒，一天又一天。

火車上有人開始提到那輛車，有人說好像是一對夫婦的；也有人見證：「聽他們兩口子說，是在世貿中心上班。」

更有人嘆氣：「他們好像沒孩子，也沒親人，不然也不會沒人來深夜，從遠處望去，只見一片空空蕩蕩的停車場上，亮著一圈又一圈的燭光……

領車子。」

據說單單在這個火車站，就死了八個老乘客，不是會計師、投資分析師，就是電腦工程師，還有三個屬於同一家保險公司，在第一棟被撞的一百層樓上班，一下子全死了。

◉

失事已經一個多禮拜。附近的教堂，每天都有喪禮，花店忙著四處送慰問的鮮花。

也有許多花被送到停車場，就放在那輛空車的旁邊。

花愈送愈多了，還有些上班族，直接在下班時，把花帶到停車場，靜靜地擺在那車前，再默禱一陣離開。

有人在車上貼了追思的文字、哀悼的詩，有人在地上放置了白色的蠟燭。

深夜，從遠處望去，只見一片空空蕩蕩的停車場上，亮著一圈又一圈的燭光。

這一天是週末，許多人約好在那車子旁邊，作個小小的追思。大家牽著手、圍著車子，一起唱聖歌。

「你們在幹麼？」突然有人快步跑來問。

「噓！」人們低著頭，有人小聲說：「追念我們死難的朋友。」

「死難？」跑來的兩個人叫了起來：「我們沒有死啊！」

大家一起轉頭，嘴巴一起張得大大的，有個女生甚至尖叫了起來：「是……是你們！……」

「是啊！我們正好家裡有急事，趕去加州。出事之後，飛機又停飛，所以直到今天才趕回來；我們沒死，我們正好躲過一劫。」

大家全怔了，十幾秒鐘沒人說話。

「神蹟！」終於有個人叫了起來：「不是神蹟嗎？上帝垂聽了我們的禱告。」接著過去，把那兩夫婦一起緊緊地抱著。

其他人像從夢中驚醒，也都喊「感謝上帝！」衝過去，與他們擁深夜，從遠處望去，只見一片空空蕩蕩的停車場上，亮著一圈又一圈的燭光……

抱。

那對夫婦突然哭了：

「我們才搬來不久，平常在車上也很少跟大家說話，眞沒想到，你們這麼關心我們、愛我們……」

◉

從那天開始，由這一站上火車的人，走得更親近了。大家對那「曾經失蹤的夫婦」尤其關心，都說他們是死而復生的，都不再稱他們的名字，而叫他們「奇蹟」！

睡到妳裡面

「你們是『合帳』還是『分帳』?」有一次朋友問。

她沒聽清楚，笑答：「當然是合葬，你們沒看見我家的牀有多小嗎?活的時候都擠在一塊兒了，死了當然要合葬。」

◉

「這世界上只有分葬，沒有合葬。」豈知當天晚上，她先生就這麼說：「兩個人即使葬在一個墓穴裡，也得分成兩份，左一份、右一份，這不是分葬是什麼?」

「我就是要合葬，我就有辦法合葬，我們死了之後一定要合葬。」她喊。

「好哇!最好像現在一樣。」他一下子翻到她身上：「我睡上面，妳睡下面。」

孩子照她的叮囑，把父親的骨灰匣子，就放在她的胸口，由她抱著，再釘上棺蓋，送去火化。

「可以啊！這樣更好！」她說。

「還不夠好。」他又一邊喘氣一邊說：「還要我睡到妳裡面。」

「沒問題！」她在他的耳邊說。

◉

男人多半比女人短命，他先她一步走了。

將他火化之後，她沒有把他下葬到墓園，也沒送去靈骨塔。

她把「他」抱回家，就放在臥室的五斗櫃上。每天晚上都躺在牀上，對他說：「你看！不是你在上面，我在下面嗎？」

◉

她老了，住進老人院，還帶著他那匣骨灰，放在牀頭，而且堅持在嚥氣之前，把「他」抱在胸前，小聲對他說：「你看！你在上面，我在下面。」

她死了，孩子照她的叮囑，把父親的骨灰匣子，就放在她的胸口，由她抱著，再釘上棺蓋，送去火化。

由於是雙份，他們的骨灰比較多，孩子特別買了一個大大的骨灰匣，而且在匣子上面寫下她的遺言——

「看！我辦到了吧！你先睡在我上面，又睡到我裡面！」

愛到極處，有私也是無私。

求求偷孩子的人

一個人的名貴照相機從行李箱中被偷了。

他在個人網頁上公布了相機的使用方法，又在報上刊登了廣告—

「拾到相機的朋友！請把相機裡的底片還給我，請把相機使用手冊拿去。

請把美好的記憶還給我，請好好利用那珍貴的相機。它實在太好了，但如果不會使用，就可能把它弄壞。」

◉

一對夫妻的幼兒失蹤了。

沒有人索贖，也沒有孩子的消息。

終日以淚洗面的夫妻在電視上哭著說：

「求求您，如果您帶走了我們的孩子，請您還給我們。」作妻子的突然跪下，哀求地喊著：

「當然，您也可能非常愛那個孩子，捨不得還給我們，那麼，請告訴我們，他還活著，請好好待他，我們不會恨您，只會感恩。」

◉

這就是愛。

愛到極處，有私也是無私。

窮不應該被鄙視，而應該被同情、被諒解、被幫助。
用幫助替代嫌棄，以諒解替代猜疑。

臭鬼

媽媽同意爲珊珊辦生日派對，但是有一個條件：

「妳誰都可以請，就是不能請大毛。」

「我才不會請他呢！他給我下跪，我也不會讓他進門。」珊珊笑著說。

同學們知道大毛沒被請，也都叫好：「好極了，臭鬼不來，大家可以不必屏住呼吸了。」

◉

「臭鬼」是大毛的外號，因爲他實在臭，有人說他從不洗澡，有人說他媽懶，從來不洗衣服；有人說他是天生的臭種，前輩子是臭鼬鼠，出汗都是臭的。

不但同學躲著臭鬼，連家長們也都彼此咬耳朵：「可別讓那個臭

鬼去你家。」「他啊！出身不好，不但窮，而且天生就像從糞坑裡爬出來的。」「可不是嗎！我一靠近他，就作嘔。」

◉

新年級的新導師也發現了，因爲每次她講課，走到大毛旁邊，都聞到一股怪味道。但是，她沒像以前的老師，把大毛調到最後一排，她要找出原因，於是去大毛家作了家庭訪問。

眞臭啊！果然一進大毛家門，就是一股怪味道。

小小的一間公寓房子，又作臥室，又當客廳、餐廳，大毛就蹲在一角寫功課。

問題是，並不像同學們說的，他媽媽不洗衣服，只見他家四處掛滿衣服，連浴室裡都拉著繩子，上面掛的衣服還直滴水呢！

「我兒子說同學都嫌他臭。」大毛的媽媽對老師說：「所以每天都要我洗衣服，大概聞慣了，我沒覺得臭啊！老師！您覺得臭嗎？」

老師想了想，搖搖頭，笑著說：

窮不應該被鄙視，而應該被同情、被諒解、被幫助。
用幫助替代嫌棄，以諒解替代猜疑。

「不臭！不臭！其實大毛很乾淨。」

◉

家庭訪問之後，才一個禮拜，大家就發現大毛居然不臭了，而且再也不臭。

「各位家長，你們以後爲孩子辦派對，別再拒絕大毛了。」老師在家長會上說：「他現在一點都不臭了。」

「是啊！我孩子已經回來跟我說了。」有家長好奇地問：「爲什麼？他不出汗了嗎？」

「他爸爸早死，媽媽收入少，買不起洗衣機，天天用手洗衣服。他家的屋子小，又沒陽台，總在屋裡晾衣服；台灣潮，當然會有霉味。」老師說：「正好我要換洗衣烘乾機，就把舊的機器送給她了。衣服用烘乾的，當然不再臭。」

◉

當我們鄙視一個人，說他爛、他賤、他出身不好、遺傳不良的時

候，豈知「他」許多讓我們看不順眼的，只是因爲「窮」。

窮不應該被鄙視，而應該被同情、被諒解、被幫助。

請用幫助替代嫌棄，以諒解替代猜疑。

掛著當年的舊照片，常想想以前創業的辛苦，
告訴自己別忘本！

一張舊照片

「天哪！你居然把這個爛箱子帶來了。」莉莉摸著額頭：「你不怕鄰居看見嗎？還有……」拉拉小張的袖子：「叫你別穿這件，你爲什麼還穿？這是哪輩子的衣服了？」

「搬家嘛！容易弄髒，穿舊衣服有什麼不對？我又不是穿去上班。」

「欸！我告訴你。」莉莉放小聲：「你搬家也不能這麼穿，你要知道咱們的鄰居都是什麼人物，人家都穿純棉，還穿尼羅河純棉；人家看你一眼，就知道你原來是窮光蛋，穿這種尼龍的。」又扯扯小張的領子：「還有這領子，早過時了。」

「我在家裡穿，成了吧！」小張有點不高興：「沒人看了吧？」

「在家也不行。」

「爲什麼？」

「回頭管理員來按電鈴，看到你，還以爲你是管家呢！」

「管家就管家，」小張一瞪眼：「妳以前就幹過管家啊！有什麼見不得人的？」

「噓！」莉莉伸手摀住小張的嘴：「可別讓人聽見，那是什麼年頭的事了？那時候咱們是一窮二白的留學生，爲洋人當管家，誰知道？」

「妳知道，我知道。」小張聳聳肩：「我們又不偷不搶。」

「偷搶倒好了！我告訴你，在今天這個社會，你能偷能搶，你發了，人家也尊敬你！你不偷不搶，窮，人家也看不起你。」莉莉打開爛皮箱，東翻西翻，找出一件棉質衣服，七手八腳地幫小張換上，再把那舊衣服丟進箱子，抓來個大黑塑膠袋，把皮箱扔了進去。

「你這是幹什麼？」小張喊。

「我怕人家看見這破箱子！」

掛著當年的舊照片，常想想以前創業的辛苦，
告訴自己別忘本！

搬新家的第一餐，全是莉莉「偷偷」出去買回來的外賣，桌子上擺了一堆。

「你吃啊？」莉莉把筷子伸進紙盒，夾了一塊叉燒，塞進小張的塑膠盤子：「你還不餓啊？」

「我是在等啊？」

「等什麼？」

「欸！」小張把筷子一放：「妳看看這是什麼品味的餐廳？這是什麼餐桌、什麼椅子？這水晶燈又值多少錢？有這樣吃飯的嗎？」把兩臂抱在胸前，看看四周：「有在這幾百萬裝潢的餐廳裡，這樣吃飯的嗎？我沒叫妳點蠟燭，算好的了；但是最起碼，妳可以把菜先放進瓷盤，再端出來吧！」

莉莉也沒好氣：「你看不慣，你請人！你要是不願意家裡有外人，不請人，你就少囉嗦！」

小張沒敢再吭氣，吃完飯幫著收東西，才跨進廚房，就聽見莉莉一聲尖叫：

「你要死啦？有拖鞋，爲什麼不穿？廚房地髒，你光腳踩，等會兒再踩臥室地毯，地毯就髒了。那可是純羊毛地毯吔！」

小張一聽，火了：「妳是怎麼搞的？搬家第一天，就瞧我這兒不順眼、那兒不順眼。我還瞧妳不順眼呢！」把個鍋子拿起來，重重地扔下去：「妳看看！這像高級家庭嗎？這鍋有多黑？妳以前給洋鬼子當管家的時候，妳敢嗎？」

「你居然敢對我摔東西？」莉莉的臉突然脹得通紅，手一伸，嘩啦一聲，把小張新買的一整套法國餐具，全摔在了地上。

小張怔住了，張著嘴、站在那兒，像是凝固了一般。

莉莉也嚇到了，摀著嘴，似乎不敢相信自己幾秒鐘之前做的蠢事。接著雙手摀著臉，衝回臥室。

掛著當年的舊照片，常想想以前創業的辛苦，
告訴自己別忘本！

屋子裡變得出奇地安靜，隔了許久，小張才醒過來，那是他們兩口子很早以前就看上的一套瓷器，而現在，全完了。他慢慢轉身，小心地躲過地上的碎片，回到臥室，坐在床沿，拍了拍正抽搐不止的莉莉。

莉莉突然轉過身，兩個人緊緊抱在一起，成了淚人。

◉

新家終於完全安頓好了，小張兩口子請公司各單位主管，在家裡舉行了盛大的酒會。

大家端著高腳杯，站在落地大玻璃窗前，遠眺台北的夜色。莉莉穿著三宅一生的深色晚禮服，和去「蘇富比」買回來的首飾，在賓客間穿梭。

「張總經理夫人，一看，就知道出身名門。」有人向莉莉敬酒：「看您舉杯的樣子就知道。」

「你這家，品味太高了，哪位名家的手筆？」黃董摸著壁爐上的

義大利紅色虎斑大理石，頻頻點頭：「大手筆！大手筆！」再抬頭四下張望：「這牆上的畫，也配得好，怎麼看、怎麼諧調。」突然把頭轉回壁爐上面：「只是，只是，老弟啊！恕我直言，你們兩口子這張結婚照，這框子……好像……好像可以換個講究一點的吧！」

「您說得是沒錯。」小張一笑，正好莉莉過來，就摟著太太說：「莉莉，妳告訴黃董事長，咱們爲什麼不換。」

歪頭想了想，莉莉先笑了，淡淡地說：「其實沒什麼啦！只是掛著當年的舊照片，常想想以前創業的辛苦，告訴自己別忘本！」

就算我贏了，贏了我心愛的人，好比右手打左手，是真的贏了嗎？抑或，我輸了。

摔電話

「混蛋！」咔！

你曾經摔過心愛人的電話嗎？

咔！電話被你狠狠地掛上了，不再有聲音、不再有爭吵，只有你的怒氣未消，心臟還在怦怦地跳。

你摔了他的電話，不再聽他說話，也不再跟他說話，問題是，這好比把他關在門外，你的問題解決了嗎？

你會不會想，他是否也很氣，氣你摔他電話；他會不會很傷心，傷心地在那頭哭；他會不會失眠，整夜地罵你、怨你、恨你……

於是，你也失眠了。你跟他一樣可憐，你不斷地猜，猜他的情況；因爲你愛他，他的傷痛雖然令你出了氣，有了暫時的痛快，但是也造成你的不安。

你猜想，他會不會再也不給你打電話，他會不會拒絕接你的電話，你們會不會從此斷了……

你更加不安。

誰對誰錯都變得不重要了，你甚至想不起當初爲什麼爭吵。想來想去，發現只有一個原因，因爲愛；想來想去，只有一個結論，就是使你更不安。

是的！是你摔了他的電話，但是你贏了嗎？你自己問自己：「就算我贏了，贏了我心愛的人，好比右手打左手，是眞的贏了嗎？抑或，我輸了。」

天已微微亮，你從床上坐起，拿起電話……

螢窗小語
選集
劉墉著

國家圖書館出版品預行編目資料

捕夢網．生命的啓示／劉墉著.繪圖.攝影.
--臺北市：超越，2002〔民91〕
面；　公分

ISBN 957-98036-6-8（平裝）

855　　91000859

捕夢網．生命的啓示

作者：劉墉
發行人：劉墉
出版者：超越出版社
地址：臺北市忠孝東路四段三一一號八樓之六
郵政劃撥：一九二八二二八九號
電話：(〇二)二七一七四七二
傳真：(〇二)二七四一五二六六
登記證：局版北市業字第壹陸壹零號
責任編輯：蔡慧慧
校對：司馬特　畢薇薇　黃美惠　畢蘭馨
總經銷：大地出版社
地址：臺北市內湖區內湖路二段一〇三巷一〇四號
電話：(〇二)二六二七七七四九
印刷：中原造像股份有限公司
地址：臺北縣中和市建康路一三〇號七樓之十一
定價：平裝二〇〇元
出版：二〇〇二年三月

ISBN:957-98036-6-8　　Printed in Taiwan